野ブタ。をプロデュース

白岩　玄

河出書房新社

野ブタ。をプロデュース

辻ちゃんと加護ちゃんが卒業らしい。まだ眠たい目で食卓に座ってミルクティーをすする俺の位置からは、父親がリフォーム番組に触発されてつくったくつろぎスペースとやらにあるテレビが遠くに、ほぼ真横を向いて、画面が三センチほどしか見えないのだが、加護ちゃんがあの可愛らしい声で今後の抱負らしきことを語っているのが聞こえたので、まぁ多分卒業なんだろう。また卒業。いつも突然卒業する彼女たち。ファンの「え〜っ」と木霊する声も聞こえている。日本人は、なぜ何か信じられないことが起こったとき、口をついて出てくる最初の言葉が「え〜っ」なのだろう。俺はふとそう思ってミルクティーを置き、いろいろ他を試してみたがどれもしっくり来ず、やはりそれしかないということを納得した。

ミルクティーのカップを口から離すと、飲み方がヘタクソなのか薄茶色の滴がカップをつたっていった。英国紳士を装いたい俺は親指でそれを拭き取ると、食卓の上に置かれた、マーガリンを塗ってもらえなくて寂しそうにしている食パンに目を移した。俺にかかる放火殺人死体遺棄の容疑。いつも通り焼いてはみたものの、マーガリンが食卓に出ていなかったので食べる気が失せたため、放置されたかわいそうな奴。振りかえればすぐ後ろに冷蔵庫があるのだが、俺の場合、一旦冷めてしまった気持ちは絶対再点火しない。というか冷蔵庫を開けたときに必要なものを全部出したと思ったのに、ものすごく重要な奴を出し忘れてしまった自分に何だか腹が立っていた。

眠い。このミルクティーというヤツが集中力を高めるというのは本当なのだろうか。紅茶をすすると、どうもまったりしてしまって何もする気がしないのだが。ひょっとするとコイツは、集中力を高めようと意気込む人にだけ効果があるのかもしれない。うん、きっとそうだ。

一つ大きな欠伸をして、またカップを口につけると、柱時計をぼんやり眺めた。七時五十七分。あと三分で学校へ行く用意を始めなければ遅刻は免れないだろう。しかしし今日の俺、まだまだ全然スイッチが入らない。髪も歯も服も、うっすら生えたヒゲも、全てまだ起き抜けのまま。全くもって腑《ふぬ》抜けた朝だ。

いつもなら、そう、いつもならこんな醜態を見せる俺ではない。ちゃんと顔を洗って、寝ぐせも直して、歯も磨いて、服も着替えて、さぁどっからでも私を見て、という隙のない状態で家族の前に姿を現す。パンを見捨てたりなんていう非道で、地球にも鳩にも優しくないことはしないし、食卓からはどうにも見えないテレビを点けっぱなしにしたりもしない。八時十五分にはすっかり準備を済ませ、しっかり靴ひもを締め、ハッキリ「行ってきます」と親に言い、きっちり家を出る素晴らしい高校生だ。けれど今朝は違う。父親は出張、母親もパートの同僚との一泊旅行で二人とも留守の今朝は、そんな素晴らしい高校生を演じる必要はない。まったりぐったりの許される、俺の俺による俺のための朝なのだ。

ミルクティーが底をつき、同時に我が家の時計が八時の鐘を打って、まったりタイム終了を知らせた。……あわてるな、まだロスタイムがあるじゃないか。何が起こるわけでもない、何のドラマも待ってないロスタイムが。俺は自分にそう言い聞かせると、カラになったカップに牛乳を注いでミルクティーを装わせ、まったりタイム延長を試みた。たっぷり三分のロスタイムが無駄に過ぎ、俺はしぶしぶ立ちあがって牛乳の残るカップと、結局手付かずのパンを流しに持って行くと、カップには蛇口をひねって水を溜め、パンには証拠隠滅のためにもゴミ箱という奈落の底に落ちてもらった。

さてと。今日も俺をつくっていかなくては。

俺は超高速でシャワーを浴びて体をキレイにすると、薄く生えたヒゲを丁寧に剃ってさわやか感を取り戻した。それから髪をドライヤーで乾かし、ワックスをつけてセット、パジャマを脱いで昨日アイロンをあてておいたカッターシャツを纏《まと》うと、素早く二階に上がって残りの制服を着、マフラーを適当にくるくる巻いて鏡の前に立った。出来上がり。これで誰がどう見てもいつもの桐谷修二《きりたにしゅうじ》の完成だ。

昨日充電し忘れた携帯をブレザーのポケットにしまい込み、自分の部屋を出、階段を駆け下りる。その振動で適当に巻いたマフラーの片端が、だらりと垂れた。居間を通って玄関に出ようとすると、点けっぱなしのテレビに気が付いた。もはや地球に優しくなった俺は、電気も大切な資源の一つです、とテレビの上に置かれたリモコンを手に取ると、赤い電源ボタンを押して加護ちゃんにさよならし、家を出ていった。

寒い。寒いよパトラッシュ。

冬のイメージが強い十二月はその足音が聞こえるほどすぐそこまで迫っていたが、なんにせよこれは十一月の寒さではない。ちょっとありえん寒さだ。くそっ、地球温暖化なんて絶対嘘だ。多分なんか自然を守ろう会みたいな奴らが温暖化してるって言っておけば、みんながちょっとは自然に優しくなるとか企んでいるんだ、絶対。寒さに愚痴って変な会まで発足させてしまった俺に、容赦なく冷たい風が吹き付ける。せっかくセットした髪がだいなしどころか七三だ。

見上げる空には太陽を覆う薄い雲が散らばっていて、そのせいでお日様は今すぐ取替え必要な電球ぐらいそのパワーを失っていた。それに比べて風は時に、最新型扇風機の強風のようなのが吹きつける。がんばれ太陽、負けるな太陽。お天道様に静かな応援を捧げて手をポケットに突っ込み、カメみたいにマフラーの中に顔をうずめた。誰かと一緒に登校すれば、「寒いね」「寒いよね」とバカみたいに同じ事言い合っていれば、この寒さも少しはマシになるのかもしれない。

通い飽きた道。思えばもう二年も毎日毎日、この面白みのない道を通っているわけだ。学校への最短距離であるこの道は、ドラえもんに出てくる通学路によく似た風景で、同じ絵の使い回しかと思ってしまうほど連続して同じ風景が続く。俺にとって慣れるということは飽きることに限りなく近い。だいたい三年間も同じところに行くなんて、全国の高校生はみんなよく我慢できるものだ。すぐキレる、我慢のできない現代っ子などどこにもいないんじゃないのか。俺は既に一年も前から限界だと思っているというのに。もしそんな飽きっぽい俺のために、一学期ごとに学校を代わる制度にしてくれれば、毎日のくだらない授業にも新鮮味が出て勉強意欲も湧くだろうし、かわいい女カッコイイ男が学校にいなくて高校生活どんよりみたいなこともなくなるし、イジメなんかいじめる要素も見つからない内にお別れで学校問題全部解決、卒アルに何千人顔写真載せる気だみたいな感じにしてもいいと思うのだが。

くそっ。文部省め。あーさぶいさぶい。

変わらない風景の続く、この辺りの唯一の目印であるコンビニの看板が見えてきた。

張りきる寒さから緊急避難するためにも、今日発売のモーニングを読むためにも是非とも寄っていきたい俺だったが、おそらく時間がヤバイ。学校と俺の家の丁度中間地点に位置するこのコンビニの前を通るときに、二十二分ならこのままのペースで歩いてもセーフなのだが、携帯を取り出して時間を確認すると、既に八時二十五分を回っていた。始業ベルまであと五分。この感じではちょっと真剣に走らないと間に合いそうにない。

走るか？　走ろうかパトラッシュ？　くそっ風吹くなよ！　髪乱れんだろ！　はぁー……走るか？　くそっ。

俺が学校に入ると同時に遅刻にやたらとうるさく、毎日ダサめのジャージを纏う体育教師によって校門が力強くガラガラと閉められた。ぎりぎりセーフ。俺はベランダに閉め出されそうになったが、何とか家の中に滑り込んだ猫のような満足感を得ると、あぶなかったぜという顔をした。そんな全力疾走したわけじゃないのに、普段運動していないせいか結構息が上がって、真っ白な息が小刻みに立ち昇っていった。カッコわりぃ。七三だし。俺は素早く髪と息を整えて何食わぬ顔で校舎に入っていくと、階段をダラダラと登っていった。俺たち二年生の教室は三階にある。四階建てのこの校舎では一年生が一番上の四階、二年はその下、三年はさらにその下と、歴が長いほど階段を登らなくてもいい、お年寄りに優しいシステムになっている。だがこのシステム、あまり合理的ではない。だいたい一年のときというのは、体も小さいのに部活の荷物を持たされたり、教科書、参考書のどれを持ってきてどれを持ってこなくても済むかという判断もできなかったりで、人一人分ぐらい背負って四階まで朝っぱらから駆け上がっていくという過酷な筋トレをやっている奴なんてのが結構いるものだ。俺も入学したばかりの頃は正直半泣きになっていた。そこまで考えて、あえて体づくりのためにやっているのだろうか。

教室に入ると、とっくに始業ベルは鳴り切ったというのに、相変わらず席に着いて教科書出てます、先生授業お願いしますなんて奴は一人もいなかった。日本史が一限目の時はいつもこうだ。もちろん何人かはきちんと座っているが、授業が始まるまで机の角をずっと見つめて待っている存在感のないガリ勉君と、友達のいない自称俺は私はあんたらとは違うのよ系の方だけだ。前者はともかく後者はどうしようもないプライドバカだ。あいつらはあれで周りに勝っているつもりらしい。本当は寂しくてしょうがないくせに「孤独に耐えられないバカ共が」と心の中で蔑《さげす》むことしかできない、結局戦えない奴らだ。俺だってあいつらから見れば孤独に耐えられないバカ共の一員なのだろう。ま、耐えられないくせに耐えられるフリしているおまえらなんかより、よっぽど潔くて人間的だと思うけど。

何人かの男子が誰かが買ってきたと思われる、俺が読み損ねたモーニングを囲んで

「熱い！　熱い！」と（多分バガボンドを読んで）騒いでいる。どうもこの「熱い」という言葉、俺は使うのに躊躇するのだが、とにかく何でも熱いと言っておけば男には伝わるらしい。その熱い輪の中の男、堀内健二が俺を見つけて目を輝かせた。いらっしゃいませ。本日も桐谷修二の着ぐるみショー、スタートです。

「おお修二！　バガボンド読んだか？　今週熱いぞ！」

毎週聞きます、そのセリフ。

「マジ？　読んでない。後でまわしてよ」

「あれ？　めずらしくない？　火曜はいっつもコンビニ寄って読んでくるじゃん」

「そうなのよ。俺の火曜一限の先生は武蔵先生だからなぁ」

「ハハハ！　先生厳しそう〜（笑）」

「大丈夫。その後は週代わりで来るグラビアの水着の女の子が先生だから。緊張と緩和だよ」

「後でまわすわ（笑）」

「おう」早くまわせよ。

一人目をキレイにさばいた俺。しかし雪崩《なだ》れ込むように二人目、三人目。今日も忙しい。いらっしゃいませ。いらっしゃいませ。

「おう修二！　あれ？　何で今日いるの？」

「いちゃ悪いのかよ！　この田吾作」

「誰が田吾作だ！」

「修二ぃ！　悪ぃ、昨日英語のノート借りたまま返すの忘れてた。これ、はい」

「これが悪名高い『ノートハンター高山のノート奪い』なのかってビックリしてたよ。『奪ったノートは数知れず……それでも成績上がらない』っておまえのキャッチコピーだもんな」

「ちょっと人聞き悪いこと言うなよ！　毎回ちゃんと返してるってば！（笑）」一緒に国語のノートも貸したんですが。

「全部写した？」

「おう、マジ助かった。おまえがいないと間違いなく俺は仮進級だよ」

「俺がいても仮進級だろ。おまえ自分のキャッチコピー忘れたのか？　奪ったノートは」

「数知れてるよぉ！」

「で、今日は？　今日は三限目に生物のレポート提出がございますよノートハンター？」

「嘘ぉ!?　あれ今日だったっけ？　……あの……お願いします」

「はいよ。あとで取りに」

そう言いかけて誰かに腕を引っ張られた。お、お客様？　いらっしゃいませ！

「修二！　昨日メール途中でブチったでしょ？　返事来なくてずっと待ってたんだぞ！」

「タッチの南ちゃんか、おまえは」

「なにがよ」わかれよ。

「俺送ったよ、センターで止まってんじゃないの？」

「ほんと？」嘘だよ。

　ブレザーのポケットから何かのキャラクターストラップがたくさんぶら下がった携帯を取りだして、不機嫌そうな顔でチェックする奈美。無駄な作業ありがとう。やたらと俺に絡んでくる奈美は、夜中メールで俺に恋の相談をしてくるので正直うざったい。その恋の相談というのが嘘っぽくて怪しくて、どうも恋の相手が俺くさいのだ。そういうのってすぐわかる。まぁわかるようにやっているのかもしれないが、そんな古臭い方法。恋をするのはおまえの自由だが、夜中にメールを山盛り送ってくるのは就寝妨害だ。親指で折った紙飛行機を飛ばしまくって想いを伝えてくるのはやめなさい。

「……来てない」でしょうね。

　俺の心の声が聞こえたみたいに奈美が大きな目で俺を睨みつけた。

「道草食ってんじゃないの？　メールだってたまにはまっすぐ先方のところに行きたくないときもあるのよ。一杯飲んでて今ごろ『あぁいかんいかん、そろそろわたくし行かなくては』って店出て」

ダメだ。ふてくされ顔をやめない女にはご機嫌取りが必要か。

「わかったよ。今日はじゃあ洗濯バサミでまぶたつまんでメールするから。絶対寝ない」

「約束ね」

言いながら奈美はニッと笑った。

「あい」くそっ。

これだから女は嫌なんだ。冗談で済まないことが多すぎる。


教室の中はこの女を含む二十人近い女がつける、いくつもの安物ブランド香水が交じり合い、加えてストーブの熱がその合体臭を暖め、吐き気を催しそうだ。俺は基本的に暑いのも寒いのも嫌いだけれど、それは我慢できる。でもこれだけは我慢ができない。

納得の契約を済ませたハズなのに依然話し続ける、空気の読めない得意先の偉いさんのような奈美の機嫌を損ねないよう適当にあしらうと、俺は前から四列目の自分の席へと向かった。が、残念ながら俺の席には未来なさそうな太い女が腰掛けていて、それはどんな重機、いや兵器を使っても、とてもとても動きそうになかった。

席まで近づくと重量オーバー女佳苗ともう一人、長く伸びた爪に細かな模様のマニキュアを塗ったギャル系の女美咲がこっちを見ておはよー、と笑顔を見せた。太い方はあと数センチ頭を右にやれば見たくもないパンツが見えそうだ。……いらっしゃいませ。

えっと、困ったお客様への対応は……、

「アイタタタ、なんかいるよ俺の席に。どっかりいっちゃってるよ」

「なによ～それどういう意味？」そのまんまです、お客様。

「うわ！　しゃべった！　意外と人間語！」

「キャハハハ、ひっどーい」

美咲が足をバタバタさせてけたたましく笑った。こっちもパンツが見えそうだ。

「どくわよ～、ホントはアタシのぬくもりがあるイスに座れてウレシイくせに～」

ハハハ。撃っていいか？

佳苗が醜い太ももをチラつかせて椅子から離れる。これはわいせつ物陳列罪に該当しないのか？　俺の心のケアは誰が？

「よく耐えたな～俺のイス。プルプルしてたもんな～ごめんな～」

俺は椅子に駆け寄り、なでなでしてやった。

「キャハハ、プルプルしてたんだ！　耐えてたんだ！」

美咲の笑い方は戦闘機の飛行音のように耳を劈《つんざ》くのでうるさい。

「ムカツク～（笑）。行こミサキ」お忘れ物のないように。

「修ちゃんサイコ～」

美咲は笑いながらそう言って、むくれながらも半笑いの佳苗と共に自分の席へと戻っていった。

ありがとうございました。またのお越しはご遠慮下さい。

ようやく一人になれた俺は、鞄を机の上に、ケツを椅子の上に乗せ、ブレザーのポケットから携帯を取り出すと、授業を受けるマナーとして携帯をマナーモードに切り替えた。

あ〜頭痛い。もうどいつもこいつもホント朝からうるせーよ。生温かいし、イス。気持ち悪ぃ。くそっ。臭ぇ。なんだよこの香水。安モンだ絶対。臭いもん。あぁ〜早く授業始まれ。始まれ始まれ始まれ……。

祈りが通じたのか念が届いたのか、教室の引き戸が開いて、担任のおっさんがいつも通り五分遅れで現れた。クラスの奴らがちょっとあわててそれぞれの席に着く。この幸薄そうなおっさんが何で毎回五分遅れるのかは、いろんな仮説が立てられているが、授業が短くなるので誰も責めないし他の教師に告げ口したりもしない。

「え〜江戸時代のぉ民衆わぁ」

朝のホームルームを終え、どなた様も聞いてらっしゃらない授業が始まった。約四十体の衝突実験用ダミー人形のような生徒相手に演説する五十手前のおっさんは、誰かが寝てようがマナーモードにし忘れた携帯が鳴ろうがお構いなしのモンゴル大草原のような広い心で見逃してくれる。おっさんの大地は雄大だ。

いつのまにかこの国では子供を取り締まるのはお巡りさんだけになってしまった。まぁもしこんなおっさんに注意されて刃向かっても、子供が傷つくことを許さないＰＴＡと非難を浴びるのは勘弁してほしい教育委員会にがっちり守られた俺たちは「傷ついた！」と叫べばいつでも被害者、ちょっと注意しただけのおっさんは聖職者たるものがっ、と非難され俺たちめでたく無罪だが、お巡りさんに刃向かうと有無を言わさずこっちが豚箱入りになってしまうのがそうなった理由だろう。そういうこともあって、今の教師は俺たちにとって政治家のような、なんか前でうるさいことごちゃごちゃ言ってるぞコイツ、の存在になっていると言っていい。

このおっさんも教師になり立ての頃は、自分がいつかそんな一つも命中しない演説をするなんて夢にも思わなかっただろう。きっと髪もふさふさで、お目め輝く、教育への情熱持ちまくりの若者だったハズだ。でも現実はいつも残酷で、教師生活を続けるにつれ腐食し、やがて折れてしまったおっさんの信念の旗。旗がはためいていた頃を思ひ出のアルバムにしまい込んで残りの教師生活を消化していくのだ。

「いつからこんなふうになっちまったんだろう？　……いや、そんなの考えたところでしょうがないし、この歳になってこの授業スタイルを変える勇気も根性も、もうない。こうやって五十分やり過ごせばお給料がもらえるんだ。パチンコもできる。だいたい怒ってても体力の無駄だ。ストレスで毛も抜けるだろう。残り少ないモノを大事にしなければ。それに注意したら、ひょっとしたら殴られるかもしれないだろう？　大切な毛を掴まれるかもしれないだろう？　……あと二十本……いや分《ふん》だ。二十本なわけないだろっ(笑)。あと二十分。……あと二十分……」

教壇に立つ男にそんな心のアフレコをつけると俺はククッと笑った。

それでいいんです、先生。それで正解です。ボクタチはなにもアナタに期待などしていないいんですから。

どんなにつまらない教師が授業をしていても、俺たちの親は安心を手に入れるために高い学費を学校に払い、学校は「教えています」と無責任な教育を俺たちに押しつける。それとも実は、こいつら教師は全員反面教師で「こんな大人になるな」と教えているのなら、こんなに効果のある教育はない。そうだとしたら先生、ありがとう。自分の人生を棒に振って、身をもって教えてくれているなんて頭が下がります。

おっさんをバカにするのも飽きたので、俺は目の前に座る女の、ぶっとく長いみつあみの輪っかの数を数えることにした。これは最近俺の中で密かに楽しんでいるマイブームというヤツで、少し前のマイブームは斜め前に座る、いつも口が半開きの男の口が閉じた回数を数えることだった。変わらない日常の中で小さな楽しみを見つけることが大事です、と言った小学校のとき担任だった先生の言葉を今も実践している俺は、こうやって授業を楽しんでいる。正直言えばこんなことでもしなければ、毎日毎日繰り返される日常に耐えられるわけないのだ。ああ、先生今日は十七個でした。前日比マイナス一です。

誰が何を考えていようと、社会の中でそれぞれが決められた役割を演じれば、何事もなく一日は過ぎていく。俺たちは生徒として席に着き、おっさんは教師として教壇に立つ。誰がどう見ても授業をしていることが分かれば、世の中は安心し、一日が成り立つ。大事なのは見テクレというヤツだ。

四限目が終わって昼休みになると、誰もいない二階の化学実験室の隣りにある教室に行ってマリ子と弁当をつっつく決まり。その教室は普段、化学の実験以外の授業をするのに使われているのだが、教室番号もない上、何とか室とも言えないのでみんな呼び方に困っていたりする。元々ある名前を縮めるのは俺たち若者の得意分野だが、あだ名以外のネーミング力は貧困だ。

階段を下りて教室の引き戸を開けるとマリ子が目の前に立っていた。

「心臓麻痺で殺す気か」

俺が真顔でそう言うとマリ子はふふっと笑って、「ごめん、手洗いに行こうと思って」と言って両手を合わせた。

「ハシで食うのに？」

屁理屈を言う俺をマリ子は「ご飯前は手を洗うの」と母親のように宥《なだ》め、俺の体をぐいぐいっと押しながら外に出た。

すぐ側にある手洗い場の蛇口をわざと勢いよくひねると、冷たい水がシンクに跳ね返り飛び散って灰色のズボンにたくさんの黒いシミをつくった。

「きゃー！」

あわてたフリをして蛇口を締める。

「……出しすぎだって」

マリ子が体をよけながら笑って言った。

「このバカ蛇口！　はりきってんじゃないわよ！」

逆ギレを見せる俺をマリ子は笑って、自分は蛇口を静かにひねると、落ちてくる水に手を当てた。

赤い、多分ミカンの袋だと思われる網袋に入ってぶら下がった石鹸を二人で使って、学校の蛇口から出る、あのいつまでたっても冷たい水で、俺たちは計四つのキレイな手をつくった。濡れた手を拭くものがなくてズボンで拭く俺を、マリ子はしょうがないなぁという顔をして自分の手を拭いていたハンカチを俺に差し出した。かわいらしい黄色のチェックのハンカチ。

「もう乾いた。穿ける！　拭ける！　脱げる！　ポケットに小物も入る！　機能的ズボン！」

俺はマリ子の優しさを突っぱねると、声を張り上げながら教室に戻っていった。

机一つにイス二つ。うむ、シンプル。

マリ子は自分の鞄の横に置かれた、無印良品の紙バッグから大きめの弁当箱を取り出すと、机の上にまずそれを置いて、それから今度は鞄の中に手を突っ込んで、さっきのハーフサイズほどの自分の小さな弁当箱を取りだし、机の上に並べた。俺はキレイにした手を汚さないよう、手術前の外科医みたいに手を持ち上げて待っていた。俺の小さなボケに気付いたマリ子は小さく笑って「執刀するの？」と訊いた。俺は汗も出てないのに「汗！」と言って、自分で額のあたりを拭く素振りをし、「あ！　手汚れた！」と困ってみせた。マリ子がまた笑う。

くだらないお遊び。凡そ高校生の男女ぐらいにしかウケない低級なお遊び。そんなものでも毎日やれば十分誰かを繋ぎとめておくことができる。ユーモアは無償で生み出し振りまくものではない。人気と愛を勝ち取るために使うものだ。

「いた、だき、ます」

「どうぞ」

半透明の蓋をバチン、バチンと外すといつもと同じ栄養バランスのとれた弁当が現れた。高校二年生の女が作る弁当は見た目重視で栄養無視、冷凍じゃない一品の味はコメントに困るモノが多いはずだが、マリ子の作る弁当はそんなに彩りもなければ、唐揚げにかわいいイロモノの爪楊枝がささっているわけでもない。タコさんウインナーなどは夢のまた夢だ。家庭的なのか、俺の体のことを考えてくれているのか、それとも本当はお母さんが作っているのか、きんぴらゴボウやほうれん草のおひたし、ひじきなんかが入っている。

校舎の造り上、日の光があまり入ってこないこの場所で電気もつけずに、暑過ぎず寒過ぎず、ストーブの熱が程よく当たるいつものこの席で、俺たちは向かい合って静かなランチタイムを過ごす。

クラスの女の大半が使っている、あれで食べているとバカっぽく見える小さなフォークなんかで食べることなく、ちゃんとお箸を使って食べるマリ子。コイツにはどうにも他の女たちには混ざらない特殊な雰囲気がある。一度も染めてないキレイな長い髪。軽く化粧はしているのだろうが、ほぼスッピンに近い顔。若いのに妙に落ち着いているし、かと言ってそんな振るまいがクラスから浮いて、友だちが少ないわけでもない。まったく変な女だ。

「このひじき、うまい」

「ほんと?」

驚くともない口元だけがわずかに緩んだ返事だった。

「黒いくせにうまい」

言いながら俺はもう一口ひじきをほおばった。

「黒いモノ嫌いだっけ?」

黒目がちのキレイな目が俺を見る。

「うーん、どっちかと言うと色白の子の方が好き」

「……そんなこと訊いてない」

「マリ子は合格点!」

「また脱線した……」


こうやってマリ子が俺の分の弁当を作ってきてくれる生活も早、三ヶ月が過ぎようとしている。もともとマリ子とはメールをする程度だったのだが、いつのまにやら二人で弁当をつつきあう仲にまでなった。俺は学生食堂のパンが好きで、わざわざ買って食べていたのに、母親が弁当を作ってくれないかわいそうな人だと思われたのか、ある日「お弁当分けてあげよっか？」の一言に始まり、そのうち分けてもらっていたのが別の小さな弁当箱に分化すると、それが今度はどんどん巨大化して男一人が食って丁度良い代物になった。俺としては昼飯代が浮くのでとても助かる。だからと言ってマリ子が好きだとかそういう気持ちはない。弁当を頂く以外は他のクラスの奴らと同じ、マリ子も俺の着ぐるみショーのお客様なのだ。コイツも俺が着ぐるみ被っておちゃらけていることを知らない、そう、ウルトラマンの中に汗臭いオッサンが入っていることを知らない無垢《むく》なお子様なのだ。

この距離感、居心地いいんだ。遠過ぎたら寂しいし、近過ぎたらうっとうしい。適当に笑わしておけば波風立たないし、誰にも嫌われない。むしろ好かれることのほうが多いし、いろいろ得することだってある。自分が他人と合わないからって一人の世界を作ってしまう奴。そんな奴は弱過ぎる。障害物があるからって違うコースを走るのか。そんなもの全部キレイにかわして走ればいいんだ。嘘でもデマカセでもなんでも使えばいい。どうせ死ねば灰になる。抜かれる舌など残っていないのだから。

弁当を食べ終わった早食い少年たちが、グラウンドでなにやら遊び始めたようだ。このクソ寒いのに、しかも食後すぐ遊びまわるとは。もっと胃腸のことを敬いなさい。昼休みはたっぷり四十分あるのだが、そうやって憤慨する俺はここでどっぷり四十分マリ子と過ごす。

銀色のホイルケースに入った煮豆を、俺ができない正しい箸使いで食すマリ子。姿勢といい食べ方といい育ちがいい。なにげなく見ていたら不意に目が合って「なに?」と訊かれた。間違っても「別に」なんてバカなことは言わない。同じ質問が返ってくるだけだ。会話の流れを止めないのは俺のポリシーだったりする。

「豆をキレイに食うなーと思って」

「なにそれ(笑)」

「特訓したの? 箸使い」

言いながら俺はヘタクソな持ち方でハシをカチカチさせた。

「うーん……特訓っていうほどは……」

「俺は特訓させられたけどダメだった。アタイったら何やってもダメ。えんぴつの持ち方も変だし……お弁当作れないし……お化粧も下手だし……」

よよよと泣き崩れる素振りを見せる俺にマリ子は笑って、

「今からだって……練習すればいいのに」

と言った。俺は引き続き女キャラを演じてやった。

「もう遅いわよ! できる女だからってそんな発言! なによ! そんなキレイな脚し

ちゃって！　どうせアタシはスネ毛ボーボーよ！　もも毛もうっすら生えてるわよ！」

話すことなんて意外と尽きないものだ。気まずい沈黙が生まれるのは会話ごときに真剣に取り組む生真面目な人間が、どうにか隙間を埋めなければと焦るためであって、どうにでもなる、こんな奴自分に何の関係もないと思っていれば、余分な体の固さが抜けて自然と言葉が出てくる出てくる。気まずい沈黙に襲われることなく今日も濃い四十分を過ごした俺たちは、チャイムが鳴り響くと仲良く教室へと帰っていった。


「今日はどこ行くぅ？」

堀内が学校から少し離れた繁華街を歩きながらみんなに訊いた。

「ビリヤード！」

デカイ声で提案する森川に、「ついこないだ行ったじゃん」と俺は異議を唱えた。

「納得いかねぇんだよ！　俺はあんなヘタクソじゃない。リベンジだ！」

森川は何をやっても人並み以下なのだが、立派なことに自信だけは絶対に失わない。

「ブレイクショットでキレイに手玉だけポケットしたくせに」

俺が言うと、みんなの頭にあのミラクルショットの映像が浮かんだ。

「ハハハハ！　あれはあり得なかったよなぁー。逆に難しいっての」

「あれは……狙ってさぁ、やったの。ウケると思って」

「で、どこ行くよ?」

「無視?」

「カラオケは?」

放課後は暇があればほとんどクラスの男たちと遊んで過ごす。マリ子と一緒に帰ることもあったが、別に俺たちは付き合っているわけではないので、成り行きで帰ることもある程度の頻度だ。一緒に遊びに行く顔ぶれは、お調子者の堀内とヨゴレ役の森川、俺の三人は固定メンバー。それに一人、二人入れ替わりで参加する。とにかく森川、堀内とは常に一緒に行動していると言っていい。いわゆるツルんでいる状態だ。一緒に遊びに行く、というか同じ時間を大量に過ごすことで、薄っぺらい絆が強くなっていくような勘違いを起こす。俺はそれを見事に利用して、空虚で膨大な時間を塗り潰していくと共に、拭い切れない絶対的孤独感を紛らわせている。

固定メンバー三人と本日のゲストで野球部の練習をサボった、脱走犯小島君を交えて、俺たちはでっかく「ギーグ」と書かれた白塗りの建物に入っていった。ここはこの辺りの若者の溜まり場で、一階がゲームセンターで二階がカラオケという造りになっているが、カラオケに行くにはうるさいゲーセンを通って、奥にある階段を使わなければならないのが、ゲーセン嫌いの俺には憂鬱で面倒だったりする。自動ドアが開いた瞬間、耳を突いてくるこの独特のうるささ。

俺たちはうすい霧のようなタバコの煙の中を奥の階段目指し、だらだら歩いていった。最近入荷された格闘ゲームの台に座ったガラの悪そうな兄ちゃんが、咥えタバコで両手を盛んに動かしていた。こういうところに通う奴らのあの手つきというのはホントに気持ち悪いほど速い。そしてブ男がかわいい女キャラを使ってニヤけているさまはもっと気持ち悪いものだ。

野郎がたくさん群がるビデオゲームコーナーを抜ければ、今度はうるさいキャハハ声がボックスから響くプリクラコーナー。一昔前は並べられた台から伸びるたくさんの生足が見られたものだが、今はその狭いボックスの中にドロドロした女の世界が詰めこまれている。決してでしゃばらずに、自分がかわいく写ろうとする戦い。そういえば自分のある一定の顔の角度に自信がある女は、毎回必ずその角度で写るようにしていると聞いたことがある。虚しい努力だ。おまえの生きてる世界は３Ｄだっつーの。

そんなことを思っていたら、一つの台のカーテンが開いて中から美咲と佳苗が出てきて目が合った。こいつは痛い偶然だ。

「修ちゃん！」

美咲が驚きの声を上げ俺たち一行の足を止めた。

「おおぉ～前川ぁ。偶然だなぁ！」

少しでもカワイイ女にはとにかく目がない森川が俺が答えるより先に美咲に返した。

「あぁ森川も。カラオケ？」

「そうなの。行く？」このバカ森川！

「行く行く行くぅ！」

最近パーマをあてた佳苗が身を乗り出して飛び跳ねて同意し、美咲もお得なセットでついてくることになった。今の時代はなんでもセットにしてくれるらしい。ついでに流行りの通販のようにカラオケ代も負担してくれないだろうか。

森川のおかげで新たに女二人が加わり、俺たちはカラオケのある二階へ階段をぞろぞろと登っていった。

階段を登りながら「修ちゃんと遊ぶのすごく久しぶりじゃない？」と美咲に言われて俺は「そうね～」と笑みを返した。そして、意図的な久しぶりなんだけどね、と心の中で付け加えた。


「凄腕斬りこみ隊長」と自負する堀内が、部屋に入るなりリモコンを手にとり番号を入力していく。すぐにアップテンポの福山雅治の曲が部屋を膨れ上がらせて、俺の耳は正常な感覚を失っていった。誰かが明かりを落とすとスポットライトを浴びて堀内が浮かび上がった。そして恒例、堀内の歌う前のモノマネが始まる。

「どぉも、福山雅あるえす……」

いいぞー似てない！

手を叩きながら見にくいほど曲目が並ぶ本に目を落とす。周りの奴らはリモコンの奪い合いを始めていた。

髪を振り乱し熱唱する堀内がマイクにしゃぶり付くほど熱狂してきた。あーあーそんな口近づけたらおまえの唾でベトベトになるだろ、バカ堀内！

ピピッ。

若干堀内への恨みも込めて番号を送信し、二番のサビをノリノリで歌う堀内を笑いながら、リモコンを求める小島にパスした。

堀内が、この先もつのかと思うハァハァ言いようでフィニッシュを決め、イェーイ！と歓声が上がった。満足げに戻ってくる堀内。お疲れ様でした。拍手も鳴り止まないいま二曲目が始まり、彼女いない歴十七年の森川がマイクを奪い去る。

「三十八番、天体観測！」

のど自慢の登場の仕方で一礼をした森川は客席を遠めに見据えている。曲調とテンションが合っていない。みんながどっと笑ってまた本に目を落とす。森川は次第にリズムに乗ると、堀内菌たっぷりのマイクを小指を立てて握りしめた。

も、森川！　その堀内菌たっぷりのマイクで歌うのかおまえは？　おい、ちょっと……もりかわぁぁ！

無事感染した森川が歌い終わり、美咲も感染を恐れることなく続いて歌い始めた。社員旅行の宴会のオヤジのように美咲を盛り上げる森川。やらしい重役のオヤジのような目だ。美咲は先の二人と違ってふざけることもなく無難に歌っていた。しかしこの声。あの目つき。歌い方。自分がかわいいことを知っている女のすることだ。その戦法に見事にハマった俺以外の男の誰もが「よござんす」という顔をしていた。

それから小島君が歌って、俺の入れた曲が流れ出した。

「おお！　修二来た！」

スイッチオン。

「アタイの曲だわ！　今日生理だけどうまく歌えるかしらぁ!?」

股間を押さえてモジモジしながら壇上に上がる。みんなが笑いながら女声で「頑張ってぇ」と叫んだ。二本刺さったマイクの誰も使ってない方を取り上げて、俺は時々股間を押さえながら、したたかに歌い上げた。

歌っているうちに妙な席替えが繰り返され、気付けば隣に座った佳苗の肉が俺のズボンに触れていた。俺は即座にトイレに立ち上がると、まだ若干うるささの漏れる廊下に出た。……頭が痛い。若い奴らにはついていけん。

そんな俺にはお構いなしのタガ外れ御一行は、みっちり三時間歌いまくった後、いつものファミレスで晩飯をとろうと言い出す始末。この後他の友達とまだ遊ぶ予定らしい女二人は帰ってくれたものの、結局男四人で「いらっしゃいませ。四名様ですか？」の声を聞くハメになった。何とも安くてぬるい遊び方だ。


「堀内ぃ、おまえの女まだヤらせてくれねぇの？」

森川が特製おろしたれハンバーグにナイフを入れながら訊いた。

「マジガード固い。こないだなんか親留守だから来てって言われて行ったのよ。それで迫ったらダメって。ビンタくらった。意味わかんねぇ。親留守とか言ってそれってアリ？」

「ダルイなぁぁぁそれは！」

森川は座ったまま大きくのけぞると戻ってきた。サラサラヘアーがうっとうしく揺れる。

「お待たせ致しました」と俺の注文したフィレステーキ・ライス大盛りがやっと来て、持ってきてくれたかわいい女の子が器が熱いだの なんだの言い終わると、俺は「ありがとう」と笑顔を送った。

「あの、僕もう限界なんですけど。ちょっと出てるんですけど」

堀内は股間を見つめながら寂しそうな顔をしている。

「なにがよ（笑）。汚ねぇよおまえ」

言いながら俺はじゅうじゅういっている肉に早速ナイフを入れた。

「切実だね、それ。そいつおまえに気ぃないいんじゃないの？　四ヶ月も付き合ってまだって、おかしくない？」

小島君がグラタンの容器の端にこびり付いた焦げついたところをスプーンで落としながら、隣に座る俺に同意を求めてきたので、

「うん。普通ヤらせるよな。なんかオマエさぁマズイとこあるんじゃないの、なんか」

と、堀内に言ってやったあとステーキを口に入れた。

「マジでぇ？　例えばなによ？」

堀内の歪んだ顔が俺を見る。しばし待て。この肉思ったより固いのだ。

「んー……臭いんじゃないの、おまえ」

「それだ！」

「臭くねぇよ！」

「鼻毛出過ぎとか（笑）」

「それもだ！（笑）」

「うるさい！（笑）」

この、俺↓森川↓堀内の流れるような会話はクラスのウケがいい。それはともかく高校二年生の頭は中学生の頭と違い「セックス及びそれにまつわること」に対して、ある

程度の知識と経験が備わってはいるので見た目は落ち着いてはいるが、やっぱりほとんど変わっていない。エロエロだ。いくつになっても、いつまで経っても男はエロエロだ。おぎゃあと生まれ、エロに目覚め、エロエロで死んでいく。

「あと童貞はおまえと森川だけだろ？　ブービーはどっちだぁ〜？」

意地悪なクイズ番組の司会者みたいなことを言う小島君。

「森川はない。オッズにすら入ってない」

「入れてよ！（笑）」

「入れよ！（笑）」

やはりこの三人テンポがいい。

俺たちにとって童貞かそうじゃないかというのは軍隊で貰える勲章と同じだ。あるかないかで大きな差があり、さらに強い（かわいい）敵を倒せば大きな勲章が授与され、羨まれる。けれど実際この歳にとっては、その行為自体に意味があって、相手なんかはどうでもよかったりする。好きだからヤるなんていうのは結構な高等技術だ。とりあえず勲章が欲しい。願わくは人より大きなのが欲しいといった感じだろうか。

「でもどうせやるなら俺、かわいい女とヤりてぇなぁ〜……おまえいいなぁマリ子ちゃん」

俺は一年生のとき多額の賞金（たくさんの男の気持ち）をかけられたマリ子を討ち取

った英雄らしいので、勲章もキラキラと無数の宝石が輝くとびきりデカイのを頂いている。

森川に羨まれた俺は、ムフフと笑ってどーもすいません、とお辞儀した。

「俺一年のとき狙ってたんだぜぇ〜。あれぐらいおとなしい子がいい」

「マリ子ちゃんさぁ、ベッドでもおとなしいの？」

「さぁ？　俺が激し過ぎてマリ子見えてないから」

「ダハハ、なんだそれ」

「音速の腰！」

「ハハハハ！」

付き合ってないのだからという理由は少し古いが、俺はもちろんマリ子を抱いたことなどない。英雄というものはときに周りの勘違いで成り上がることもあって、恋人のように仲良く弁当を食うという事実は、学年の誰もを「俺たちが付き合っている」と勘違いさせるのには十分過ぎる証拠だったらしい。付き合っているとなればセックスは俺の妙な落ち着きぶりも手伝って当然のことのように思われ、俺は見事に英雄扱い。気分も悪くないので、その誤って授与された勲章を返還することもなく、俺の胸の上で輝き続かせることにした。もっととんでもない事実を明かせば、大きな勲章どころか俺も勲章すらない堀内や森川と同じ、兵にもなれない童貞くんなのだ。

魅力ある人間はそのキャラクターを保つために守らなければならないルールがある。美人は屁をしない。ケンカ番長はケンカに負けない。頭の良い奴はテストで赤点取らない。クールな奴はウンコ踏まない。俺は高校生の男子から一目置かれる存在としてセックスを済ませておかなくてはならないのだ。しかし、そういうルールを守らなければならないのは人前だけであって、周りに誰もいなければ美人が屁をしても、ケンカ番長が誰もいないトイレでボコボコにされても、頭の良い奴が模擬試験で悲惨な結果になろうとも、クールな奴が一人でぐにゅっとやっちゃってもいっこうに構わないわけだ。ましてやセックスなど公になる行為でもないので、済ませていない証拠など見つかりはしない。やってないと言ったって、またまたぁと肩を叩かれる。

人気者にも必ずつぎはぎがあるものだ。所詮は一人の人間、全てが素晴らしいわけではない。そのつぎはぎをいかにうまく隠すか。凡人と人気者の差はそこにある。

十一月はなかなかしぶとい月らしい。十二月がおまえもう代われ、とぎゅうぎゅう後ろから押してきているのだが、まだ必死でそれを拒んでいるようだった。

変わりない生活はだらだらと続いていく。俺たちのだらだらぶりは多少時代のせいもあるはずだ。若者はいつだってその時代を如実に映している。

　転校生が来るらしい、というニュースはそんな崖っぷちの十一月の朝に届いた。俺は編入生だろ、高校に転校生は来ねぇよと冷静に訂正し気にもしなかったが、このクラスに来ることがめでたく決まったらしく、クラスの中でぐんぐんと勝手な期待が膨らんでいた。

「今日もう来てるらしいぞ。朝のホームルームに来るって」

　興奮気味に話す自称「凄腕斬りこみ隊長」堀内は、どこにでも斬りこんでいって情報を得てくるが、今回みたいに役に立つ情報を届けてくれるのは稀だ。

「かわいい子かな?」

　森川の中ではもう女に決まっているらしい。

「女なの?」

　俺が堀内に訊くと「オカマではないらしい」という答えが返ってきた。

「かわいい?」

　でれでれと間抜けな顔で訊く森川に俺は溜息を浴びせ、

「おまえなー、世の中にどれだけかわいい子がいると思ってるんだよ。とびきりかわいい子が編入してきて、しかもこのクラスに入ってくるなんて、すぐそこの商店街の福引で赤玉出すのと同じぐらい難しいんだよ」

そう言って森川のおでこを人差し指でグイッと押した。

「それは難しいなぁ！　だってあれ赤玉入ってないもん。俺のかあちゃんあれの担当だろ？　赤玉抜いたんだって。ウチの玄関のカギ入れあるじゃん、あれに入ってるんだ」

衝撃の事実に堀内が身を乗り出した。

「なんだよそれ！　俺のかあちゃん絶対特賞の冷蔵庫当てる、って必死にスーパーカマヤツで買い物して福引券貯めてんのに！」

「あー、そりゃ当たんないよ。ご愁傷様」

笑いながら合掌する森川。

「てめぇ！　俺のかあちゃんの青春を返せ！」

そう言って堀内は椅子から身を乗り出し森川の首を絞めた。

「ぐええ。そっとしときなよ。主婦のささやかな夢を奪っちゃダメだって。じゃないと俺のかあちゃんが責められるだろ。な？」

首を絞められながら自分の母親を庇う健気な森川に俺も同意してやることにした。

「そうだぞ、堀内君。赤玉はきっと入ってるんだ！　夢を諦めるな！　当てろ冷蔵庫！」

「当たるか！（笑）」

くだらないおしゃべりは仲良いことを証明する一番簡単で効果のある方法だ。「笑い」

は人を勘違いさせる。楽しいと思うことが続けば、そのうちそれは「好き」という感情に掏り替わっていき、いつしか一緒に笑える友だちは親友に成り代わっていく。あとは困っているときにちょっと手を差し伸べてやればいい。自分の手を汚すようなピンチから救わなくたって、一緒に悩んで涙を流さなくたって、こんなにも簡単にインスタント親友が出来上がる。これでとりあえず高校三年間は寂しくもなく、程好い人気を得て安泰に過ごせるというものだ。

「修二、修二！」

奈美が俺たち三人のところに嬉しそうに駆け寄ってきた。編入生のことを言うに三千点。

「ねぇ、今日転校生来るんだって。知ってる?」やったぁー！

奈美が俺の机の上にどかっと座り、奈美のつける香水の匂いが男三人の中で一気に花開いて、「女」の空気になった。

臭い。こうなりゃ遊ぶ。よし、パスだ森川！

「マジ?　俺らのクラスに?」

言いながら俺は森川に目配せした。森川はやっと気付いたようでニヤッとすると、

「かわいい子かな?」

とさっきの言葉を繰り返した。

「おまえなー世の中にどれだけかわいい子がいると思ってんだよ。かわいい子が編入して……」

堀内が耐えられなくなって笑い出した。森川も続いて笑う。奈美は分からないという顔をしている。

「ごめんごめん、知ってたよ。で、男？　女？」

俺は連携プレーに満足すると、奈美に訊いた。

「知らない。ねぇ、何で笑ってんの？」

「赤玉！　赤玉！」

「俺のかあちゃんの青春を返せ！」

森川も堀内も自分で言って爆笑している。奈美の顔色が曇り出して、これは好都合、俺はこのまま奈美を追い返すことにして爆笑に参加した。

「もぉ、何よ！」

仲間外れをくらった奈美がついに怒った。よし、もうひと押しだ！

「当てろ冷蔵庫！」

「ダハハハハ！」

俺のトドメに笑いまくる男三人に奈美は「バカ！」というまことぴったりな言葉を浴びせると、短いスカートを勢いよく振りまわし去っていった。

「……見えた！」

奈美の斜め前に座っていた森川が目を輝かせた。

「マジ？　何色？」

堀内がとっても嬉しそうに森川に訊く。

「薄いぶるぅー。間違いない。焼き付けた」

ごちそうさまでしたという顔をする森川。

俺が怪訝な顔で「奈美のなんか見て嬉しいか？」と訊くと森川は「何を言い出すんだこいつは」と細い目を思いきり見開いて俺を見た。

「おまえは……！　人気あるんだぞぉ奈美ちゃん！　かわいいし、あのパンチラも気にしない大胆なとこがいい」

ガラッ。

教室の引き戸が開いておっさんが入ってきた。

「奈美ちゃんの魅力については次の休み時間に！　ご期待下さい！」

森川は小声で早口にそう言って敬礼すると情けない動きで素早く自分の席に戻っていった。

普段は席に着いても前後左右の席でお喋りが再開されるのだが、未知の編入生効果は絶大なのか、今日はどいつもこいつもおっさんの第一声に注目していた。おっさんは教壇に立つと、普段は絶対浴びることのない生徒たちの視線にどぎまぎしながら言った。

「え……と、ちょっと……編入生が入ることになりまして、あの～くじ引きで、このクラスにくることになりました」

何ていい加減な切り出し方だ。そんな言い方したらウチのクラスが貧乏クジ引いたみたいじゃないか。しっかりしろおっさん。俺は携帯を取り出すと、開かれたままのドアのすぐ側に座るマリ子にワン切りした。ブレザーの中でブルッたであろう携帯をこっそり取りだし、チラッとディスプレイを見たマリ子が俺に気付く。俺はドアを指しながら口パクで「ミエル？」と訊いた。マリ子は向き直ると、体を右に傾けてドアの奥に潜む編入生君を覗いた……かと思うとすぐに体を戻して動かなくなった。ど、どうしたマリ子。

「え……と、じゃあ、小谷君、入って」

そんなことをしているうちに編入生君の入場です。

四十名の大注目を浴びて入ってきたのは、気持ち悪いほどオドオドしたデブだった。ベッタリとしたワカメヘアーを載っけたデカ過ぎる頭、その額にはじんわりと脂が浮かび、デザイン性ゼロ機能重視の大きなメガネを顔面にめり込ませ、サイズちょっと小さいんじゃないですかのムチムチブレザーにズボン、顔は……これはもう残念な顔にお生まれになったとしか言いようのない絵に描いたようなブ男だった。

うわぁ……。

教室の誰もがそう思った。募りに募った期待はガラガラと音を立てて崩れ、いやこれはもう爆弾一発木っ端微塵、かわゆい女の子どころか、その対極に位置するものの大登場に誰もが言葉を失った。衝撃的デビュー。いやデブーと言ったところか。それを果たした小谷君と呼ばれた男は、主婦の初めての万引きのような挙動不審な動きで教壇に立つと、ふぅぅんと鼻息をもらした。大佐、魔物到着です。撃ちますか？

「え……じゃあ小谷君、うん、一応自己紹介で、ここに名前書いて」

おっさんが黒板を指しながらチョークを手渡すと、小谷君は黒板に向かい、右手をフラフラさせて何やら迷っているようだった。……ダメだ。笑いたい。おまえの名前だろ！　俺のツッコミが届いたのか、小谷君は黒板に「小」という字を書き始めた。深緑の壁に白い線が粉を落としながら刻み込まれ、小谷君の名前が浮かび上がっていく。書き終えると彼はチョークを持ったまま、こちらを向いた。

黒板には［小　谷　信　太］の文字。こ……たに……のぶ……た？　のぶた？　野ブタ？　え？　野ブタ？　えっ？（笑）

「コタニシンタです。よろしくお願いしまッス……」

……何だ。シンタか。とことん期待を裏切る奴だ。俺の期待を二回も裏切った小谷信太はチョークをおっさんに返し、白い粉の付いた指を左の掌に押しつけて拭くと、何があるのか知らないが少し斜め上を見たり、前の奴の足の辺りを見たりでとにかく落ち着かない。緊張しているのは目に見えて分かるが、ちょっと気持ち悪い。

「えー席は……あぁそうか、新しい机まだ持ってきてないな。困ったな……じゃあ、あ あ、桐谷の後ろ空いてるな。誰だっけ？ ……渡辺の席か。あいつは入院で当分帰ってこないだろうから、あそこにとりあえず座っといてくれるかな？」

ラッキー俺！ 小谷信太は言われた通り、俺の後ろの渡辺の席を目指して教壇から一歩を踏み出した。席間隔が狭い上に、みんな鞄を横や下に掛けたり置いたりしているので、小谷君のためにみんなは荷物を寄せ、そのつくられた道を彼は「すいません、すいません」と謝りながら体を横にして通っていった。無事、渡辺の席に着席した彼は、俺の後ろでまたしてもふぅうと鼻息をもらす。ロボットかおまえは。

おっさんは「みんな、ちゃんと仲良くしてください」と妙なコメントでまとめると、いつものように教科書を鞄から取り出し、クラスのざわめきも収まらぬまま、小谷君を交えての授業が始まった。

「え〜教科書、百二十一ぺーしぃを開けてぇ」

ある意味みんなが集中していた一限目の終わりを告げるチャイムが鳴り、十分間の休憩タイムに入った。俺は教室の前方隅にあるストーブの側に、近くの席のイスをパクって置き、どかっと座って立ち昇る熱気に手をかざした。冬の間このストーブの周りは大人気で、授業が終わると何人かが必ず群がりに来る。もちろん「寒いから」だが、中には好きな人が輪の中にいたときに、ごく自然に会話に参加できるという隠された狙いもあって輪に入ってくる策士もいるみたいだ。全く高校生というヤツは変なところだけ頭がいい。今日も俺を含めた七、八人の男女がストーブを取り囲んでいたが、全員顔がストーブの方に向いていなかった。今日アイツを見ずしていつ見るのかというぐらい、クラスの誰もが小谷君に注目していた。

どんな転校生もしくは編入生でもそうだが、最初の休み時間というのは机に座ったまま動けないものだ。誰とも喋れないし、行きつけの休憩場所もない。ただ時間をかけてさっきの授業の片付けをして、誰かが喋りかけてくれることを願いながら、他のクラスから押し寄せてきた見物客の視線に耐えるしかない。小谷君もそのマニュアル通り、一限目の日本史のプリントを折りたたむと、どこのメーカーかわからないくたびれたリュックにそれをしまい込み、机の上で手を組んで、今日から関わっていくこのクラスの人間たちに「クラスのみんな、オラに喋りかけてくれ!」と元気玉をためる悟空のような祈りを捧げているようだった。しかし修行が足りないのか、心に邪気があるのか小谷君の祈りは届かず、目標から少し距離を置いてチラ見しまくる女子たちは眉をひそめて、小谷君にも聞こえる声で「気持ち悪い」と、あなた今ハッキリ言いましたよねぐらいハッキリな声で素直な感想を述べ、露骨な嫌悪感を出しまくりだった。

生理的に受け付けない男に対し、女はとてつもなく残酷だ。その残酷さは出会い頭にいきなり辻斬りぐらい無茶苦茶なもので、この太平の世に無情な人斬りがうようよいるかと思うと、世の気持ち悪い要素を持つ男性諸君はいつ斬られるかとビクビクしているだろう。

廊下に群がる見物客たちからもクスクス笑い声がし、上野動物園に来た新しい珍獣は全くもってハズレ、ある意味では大当たり。小谷君の履歴書に今ハッキリと「キモイ」と彫られた認め印が烙印された。

「強烈……だよな」

堀内がストーブの上で手を擦りながらポツリと言った。

「うん。俺、人見て初めてかわいそうと思った」

俺は正直どうでもよかったが、とりあえず話を繋いでみた。

「うわ～キモイキモイキモイ！　私ああいうの絶対無理。ホント無理」

奈美が本当に嫌そうな顔をして小谷君から目を逸らす。俺はおまえが無理なんだけど、知ってた？　と俺は密かに奈美に微笑みかけてやった。

「私も無理。なんかアイツ最初入ってきたときから汗かいてなかった?」

「かいてたかいてた〜。なんかずっとオドオドしてるし」

奈美の右隣にいる女二人がそれに加わる。

「誰だよ女って言った奴?」

森川はものすごく期待していたためご立腹のようだ。

「でもちょっと内股だぜ。女かも」

俺がそう言うとみんなは小谷君のムッチリとした足を確認した。確かにつま先が内に入っている。

「ほんとだ!(笑)」

みんなが声を殺しながら笑い、顔が、声が、心がどんどん灰色に濁っていくのがわかった。ストーブのせいもあるのか、小谷君に対する言葉イジメはヒートアップしていく。おそらくもう小谷君にも聞こえてしまっている。でもそんなことはお構いなし。イジメなんか集団になればなるほど正しいとか間違いとかはボヤけてしまってただただ強気に、いや、無感覚になっていくものだ。

「なに食べたらああなるんだろう?」

「家がお菓子の家なんじゃないの?」

「家全部食っちゃったわけ?(笑)」

「ハハハハ！」

「ブレザーのボタン見て！　取れそう取れそう！」

「ボタン、痛い痛い痛い！　って言ってるだろうな、あれ」

「ねぇ、(笑)首ないよ？　首」

「家じゃねぇの」

「家？　忘れてきちゃったんだ！(笑)」

またしても声を殺して笑う集団。同じ人間をここまで蔑む非情な十七歳。ストーブの熱でズボンの内ももが熱くなっていたのに気付かないほど、散々小谷君をあざ笑った俺たちはどこまでも残酷で、気持ち良過ぎるほどの優越感に浸っていた。


結局四限目を終えても、小谷君に喋りかける勇気ある若者は現れなかった。祈り続けてもみんなに見放され、元気玉は出来なかったらしい。小谷君がどこで弁当を食うのか、そしてその量が気になった俺ではあったが、ぐぅと鳴る腹には勝てず、いつも通りあの教室に向かった。いつも俺より先に来てストーブを点けておいてくれるマリ子は珍しく今日はまだ来ていなくて、なんだか俺はがっかりしたような寂しい気持ちになったが、なんでヘコんでるんだ俺は、とすぐに立ち直ると中に入って教室の引き戸を閉めた。

相変わらず教室は薄暗かった。ここは化学室と小さい扉で繋がっているため、四限目にどっかのクラスがガスバーナーでも使っていたのかなにやらガス臭いのとなんか不純物を燃やしたような臭いがした。俺は鞄を机の上に放ると、空気を入れ替えるために三つある窓の内の一つを全開にした。充満していた合体臭が開けた窓に吸いこまれていって、すぐに冷たい空気が流れ込んだ。残りの窓も全開にすると、ものの十数秒で完全に合体臭は消え、教室内の温度がぐっと下がった。俺は「さぶ、さぶ」と独り言を言いながらストーブのつまみを何度かひねり点火させると、そこへガラッと教室の引き戸が開いてマリ子が現れた。

「ごめん。遅れちゃった」

走ってきたのか、マリ子は少し息が上がっていた。

「今、泣きながら捜索願を出そうとしてた」俺の弁当知りませんかって。

「ごめんごめん、ちょっとあの……小谷君につかまっちゃって」

「野ブタに？」

俺はひとさし指で鼻をブタ鼻にして見せた。

「ノブタ？　ね、何で窓開いてるの？」

マリ子は窓を指差しながら寒そうな顔で言った。そうね。説明するの面倒臭いわ。

「開けてみたの。どう？」

「どうって。寒い。閉めていい？」

「くそっ！　俺のインテリアセンスはくそったれだ！」

二人で窓を閉めるとマリ子はいつもと同じ席に座り、俺もいつもと同じようにその前の席のイスを後ろに向けて着席した。マリ子はまだちょっと寒そうで、ブレザーの下に着ているセーターを指が隠れるまで伸ばして手をこすり合わせている。

「もうちょいストーブ近づける？」

「ううん、大丈夫。ありがとう。あ、お弁当」

マリ子は思いだしたように手を叩くといつもの無印の紙バッグから俺の弁当を取りだし、机の上に置いた。よっ待ってました。

「で？　野ブタに引きとめられたって？」

俺はもう一度ブタ鼻にして見せた。いちいちやるのもおもしろいかもしれない。

「ノブタって……小谷君のこと？　……ああ、信太。私も最初ノブタって読んだ」

マリ子は自分の分の弁当を鞄から出しながらちょっと笑っている。

「で、野ブタはなんて？」

言いながら俺は弁当箱の蓋を開け、合掌した。

「どうぞ。なんかね、食堂の場所教えてくれって訊かれて」

「んで、案内してたの？」

一品目はなんにしようか迷いながら訊く。そんなことで遅れたのかよ。

「うん。なんか誰に訊いても逃げられたみたいで……ちょっとかわいそうだったし」

「優しさ満点だな、おまえ。俺は無理。なんかアイツさぁ、フンフン言ってない？　授業中後ろでうるさいんだよ」

俺は口に入れた肉じゃがをモグモグさせながらしかめっ面をした。ちょっと味うすい。

「あぁ……さっきもちょっと言ってたかも……」

「やっぱりね」やっぱり味うすい。


ストーブはやがてその力をみるみる発揮し、ぐっと下がっていた温度を心地良い暖かさまで引っ張り上げてくれた。寒さで少しぎこちなかったマリ子の表情もだいぶ柔らかくなって、いつもの穏やかな顔になっていた。

「あ、そうだ。朝のホームルームのとき、なんか固まってなかった？」

「……見てた？　小谷君……すごい顔してたんだもん……。多分彼、緊張してたんだろうけど。目ぇ合っちゃって、びっくりして……」

「あ、チェリーが入ってる」

俺はマリ子の小さな弁当箱の隅に入った季節外れのアメリカンチェリーらしきものを指差して言った。

「あ、修二のに入れるの忘れちゃった」

「ワザとだろ。俺の羨む顔を見ながら満面の笑みで食う気だったな。性格悪っ！」

俺の言葉にマリ子は呆れて笑うと「あげるってば（笑）。はい」とチェリーの柄《え》を指でつまんで持ち上げた。

「あ」と俺が口を開いてマリ子がそこにチェリーを入れた瞬間、ガラッと教室の引き戸が開いた。

甘ったるいピンクな瞬間を目撃したのはあの野ブタだった。野ブタは学食で買ったのだろういくつかのパンを片腕に抱え、半開きの口で引き戸に手をかけたまま固まっていた。これじゃ「家政婦は見た」じゃなくて「野生ブタは見た」だ。ちょっと違うが俺の中で火サスのテーマが流れる。ジャジャジャジャ、ジャッジャーン。俺もマリ子もぴくりとも動けなくて、教室の中の時間が三秒も、四秒も止まった。凍結した時を溶かすかのようにに野ブタはオドオドし始め、なにを思ったのか、そのパンパンに太った右足で教室の敷居を跨いだ。おいおい。出す足の方向間違えてるよ。俺の忠告も虚しくそのまま左足も敷居を跨ぎ、ついに野ブタは教室内に入ってきてしまった。入ってきちゃった！　おーい！　ブタが一匹迷い込んだぞぉ！

予想を裏切るプレーを見せた野ブタが俺はおかしくなって、すっかりいつもの自分を取り戻した。うっすら笑いながら口に入ったチェリーの柄をブチンと引き抜くと、その衝撃で固まっていたマリ子が俺を見た。噛んだ途端に口の中に熟れた甘味が広がって、俺は至福の笑みをマリ子に見せた。マリ子はこの状況に未だに自分を取り戻せないようで、柄を持った手が宙ぶらりんになっている。その原因をつくった張本人である野ブタは、後頭部の寝グセをぐしゃぐしゃしながら、小さな横歩きでドアから離れ、ドア近くの学年だよりなんかが貼られた掲示板の前辺りで足を止めた。なにがしたいんだコイツは。

口の中に残る種を舌で転がしながら、俺は余裕の表情で迷い込んだブタに優しく話しかけてやった。

「弁当食うんだろ？」

野ブタはおそらく今日初めて話しかけられたので、少し嬉しそうな表情を見せ、「そうっス」と体育会系の返事をした。

「一緒に食うか？」

自分を取り戻せないマリ子にさらに追い撃ちをかける俺は、この気まずい状況を一人で楽しんでいた。マリ子がどう思おうがこんな楽しいアクシデントを逃すわけにはいかない。とりあえず野ブタは俺とマリ子が付き合っていて、自分が俺たちの甘いランチタイムを邪魔したと思っているだろう。しかもそれに動揺して入ってきてしまい、もう出て行くタイミングも逃したしどうしていいか分からない状態。そこに俺から投げ入れられた予期せぬお誘い。さぁ、どう出る野ブタ。

「はいっ、いただきます！」

承諾しちゃったよっ！（笑）　しかもいただきますって？　まさかこの弁当もらえると思ってんのかな？　やっぱりパンじゃ足りないのか？　あーおもしれーコイツ。

灰色のズボンがタイツのようにへばり付いた足をムチムチさせながら、こっちに近づいてくる野ブタ。マリ子の隣の席にリュックを置いて、その前の席に着席すると、持っていたパンを一個ずつ丁寧に机の上に並べ始めた。ダメだ。笑いたい。なんで整列させてんの？　コイツ意味わかんねー。それから彼はどこのメーカーかわからないあのすたれたリュックから小さな魔法瓶を取り出すと、キレイに整列したパンの斜め後ろにそれを置き、いよいよ食事の準備が整ったようで小さく合掌した。いただきますブー。心の中で一人ウケる俺にマリ子が眉間にシワを寄せて目配せしてきた。わかったよ、うるせーな。別にいいじゃん。付き合ってるわけじゃないんだし。さっきおまえもかわいそうって助けたじゃねぇか。今日だけだから、許してねマリ子ちゃん。

緊張した面持ちで野ブタは一品目に玉子サンドイッチをチョイスし包みを破ると、半分ほどが一気に口に入った。

「小谷君、俺、一緒のクラスだってわかってる？」

「ふぁい」

野ブタは俺を見開いた目で見て、うんうんうなずきながらアントニオ猪木のテーマの最初の「ふぁい」と全く同じ語調で答えると残りの半分の玉子サンドを口に消した。新しい手品みたいだ。

「馬場ババ男です。よろしく」

俺は自己紹介するとペコリとお辞儀した。

「……あえ？　あお……すうじあんがあいんすか？」

「なんですって？　ちゃんと飲みこんでから言えよ」

野ブタは急いで魔法瓶の蓋を外してお茶らしきものを注ぐと、それを口に流し込んで素早く飲みこんだ。

「ぷぁ。……修二さん……じゃないんスか？　クラスの人にそう呼ばれてたから」

ちっ。馬場ババ男でいこうと思ったのに。俺は心の中で舌打ちすると、

「お、ちゃんと見てるねぇ。バレちゃしょうがない。そうです。桐谷修二と申します」

と本名を明かした。

「小谷信太ッス。よろしくお願いしまッス」

ペコッと素早くお辞儀する野ブタ。

「小さいッ入れるの流行ってんの？」

俺が訊くと野ブタは「あ、これ癖ッス」と言いながらまたペコッとお辞儀し、二品目にヤキソバパンをチョイスするとサランラップを破り出した。

「……あーそう。あーとこっちは」

「……鈴原です」

マリ子が軽く会釈する。

「あっ、あの……さっきは……ありがとうございました」

口にほおばりかけたヤキソバパンに待ったをかけて、野ブタはチラッとマリ子を見ると、またまたペコッとした。鼻につく動きだ。マリ子は「いえ」とだけ返事すると、ようやく自分を取り戻したようで食べるのを再開し、煮豆を口に入れた。やっぱりちょっと怒っているのだろうか。少しむくれ気味の顔が可愛らしい。

「どっから引っ越してきたの？」

俺は編入生に接するためのマニュアルに従って切り出した。

「あ……えっと、そんな遠くないんスけど。ミナ高ッス。なんかあそこ自分に合わなくて、編入してきたんス」

「ふーん」いじめられてたわけね。あそこが合わないんじゃなくておまえが合わないんだよ。

ヤキソバパンはいつの間にか跡形もなく消え、三品目のあんぱんが口に投入されていた。なんとも気持ち悪い組み合わせだ。

「ウチのクラス、どんな感じ？」

「そうッスねぇ……まだ初日だからなにもわからないッスけど、みんないい人そうです」

どこまでお人好しなんだおまえは。思いっきり嫌われてたじゃないか。

「いっつもここで二人で弁当食べてるんスか？」

野ブタが訊いてきたので俺が、そーだよと言おうとすると、スピーカーが入った音がしてお知らせチャイムが鳴り、

――……えー二年二組の小谷君、小谷君、至急職員室まで来なさい。

とおっさんの声が流れた。

「……呼ばれてるよ」

俺が人差し指で天井を差しながら言うと、野ブタは「おお、いきなりかぁ」とよくわからないコメントをして、最後に残った蒸しパンを無理やり口に詰め込むと「はりほもうふぉふぉ」というよくわからない挨拶を残し、リュックを背負って走り去った。

俺もマリ子も呆気に取られたあと、俺が笑い出した。

「あーおもしろかった。アイツ最高だな」

マリ子は一安心といった感じで息を吐くと、

「びっくりしたぁ……」

と漏らした。

「あいつマリ子のこと気に入ったな、絶対」

俺の言葉に「えっなんで？」とあわてるマリ子。

「目がそういう目だった（笑）」

そんなことない、と困った顔をして首を振るマリ子を俺は笑って、最後のほうれん草を口に入れると「ごちそうさま」と合掌し、トイレに行くために教室を出ていった。


今日で野ブタが我がクラスの一員となってから早一週間になるが、未だに野ブタに話しかける勇気ある若者はこないだの俺以外に確認されていなかった。いい加減誰か話しかけてやれよ、と俺は思っていたが、クラスの奴らはすっかり野ブタの存在を無視して、前と変わらぬ人間関係の中で生きている。ごくたまに野ブタのことが話題に上ることもあったが、相変わらず遠めからの言葉イジメばかりだ。そう言う俺もあの日以来野ブタと喋っていない。たまに言葉イジメの一員に入ったりして、でもそれは別に野ブタのことが嫌いというわけじゃなく、自分の人気が維持できる方を選んで生活していた。まぁ転校生とか編入生がクラスで人気者になるというのはごく稀だし、こんな感じで残りの高校生活を送っていくのだろう。なんの浮き沈みもない一直線で、そして速くもないジェットコースター。人生には必ず浮き沈みがあるが、たかが高校生活三年間、なんだかよくわからないうちに終わってしまう人は少なくない。
そんな俺の呑気な予想は大きく外れて、二週目に入ると、野ブタはクラスの真中と武山というなんちゃって不良くんたちに本格的なイジメにあい始めた。堀内の話によると二人におこづかいをせがまれているらしい。最初に話し掛けてきた奴がカツアゲ目的だったとは野ブタもつくづく運がない。日が経つにつれイジメはエスカレートしているらしく、野ブタは休み時間が終わると唇を切っていたり制服が所々汚れていたりするようになった。こうなったらいよいよ誰も野ブタに関わろうとしない。かわいそうだとか、自分はああなりたくないと思う傍観者にすらならない。全員シカトの完璧無視。ものの一ヶ月で哀れ野ブタの存在は完全にクラスから消滅した。

休日明けの月曜日。不覚にも風邪をこじらせた俺は、朝のホームルームと一限目をサボって二限目から出席したのだが、頭痛はともかく鼻はかなり水漏れが激しいようで、ボーッとした意識の中、鼻水が何度もじゅるりと垂れてきた。これも昨日の夜、あのクソ寒いのに堀内たちに呼び出されて「森川マサル、さらば童貞脱出大作戦～君に決めましたパート5～」に参加させられたせいだ。森川が三組の長谷川という女に告《こく》ることを突然思い立ったらしく、「今を逃せば俺の、この熱い恋の炎は凍り付いてしまうのだ」とかなんとか言って、その女の家まで押しかけてピンポンし、近くの公園まで一緒に来てと意味のわからん移動をお願いし、俺たちが待つ公園で告白、残念ながら、いや期待通り撃沈した。一人でやれバカ森川。

　幸いいつも後ろで鼻息のうるさい野ブタは今日は欠席で、風邪でしんどいのにさらにイラつくことはなかった。が、しかしこの鼻水。気になってマイブームである「みつあみ数え」もできない。加えて安物香水臭合体バージョンがつまった鼻を刺激して気持ち悪くすらなってきた。前ではなにやらおばさんが昔誰かが詠んだ俳句を目を輝かせて絶賛している。自分一人だけ温度差があることに、いい加減気付いてほしい。

　あーダメだ、これは。熱もある気がしてきた。うん。あるな、これ。間違いない。あー熱いわ。ほてってきちゃったわ。帰ろう。おうちに帰ろう。家でおとなしくしてよう。

「先生」

熱弁を繰り広げていたおばさんは、ダルマさんが転んだのようにしばらく固まった。

「はい？」

「鼻から水が溢れ出てくるので早退したいんですが」

「鼻から……水？　ああ鼻水ね、ティッシュをあげますから」

おばさんはそう言って汚いピンク色のカーテンを巻いたようなスカートのポケットに

手を突っ込むと、最近テレビでよく見る女の子がニコッと笑った消費者金融のポケットティッシュを取り出した。

「ティッシュは僕らもっと他に必要なときがあるんです。大事なんです。神聖なんです」

俺が力強くそう言うと、周りからクスクス笑い声が聞こえた。

「どういう？」

キレイに描かれた片眉がつり上がっていた。

「言わせるんですか？」

おばさんは遅ればせながら気付いたようで、

「……と、とにかく、しんどいなら……保健室に行きなさい」

と顔を紅潮させてしどろもどろに言った。

保健室に用はない。俺は鞄を抱えると「すいません」と一礼して教室を出た。「鞄はいらないでしょう」って言えよ。人間取り乱すと見えなくなるものだ。いっちょ上がりってなもんで俺は廊下を歩いていった。

座っていたからマシだったのか、立って歩き始めると急に熱が上がった気がした。みんなの前だ、と張っていた気が抜けたせいもあるのかもしれない。体が熱い。額も背中も脇も汗ばんできて、なにより頭がフラフラする。途中、廊下の壁に手をついてぎゅっと目を閉じた。

これは……ヒドイ風邪というヤツだ。ダメだ。くそっ。バカ森川！

よろよろと男子トイレの前を通りかかると中からなにやら悲鳴が聞こえた。首だけふらっと覗いてみると、ズボンをずらしにずらした悪そーな男がポケットに手を突っ込みながら誰かに罵声を浴びせている。

あのツンツン頭は……確か三組の前田君。罵声を浴びせられているのは……おやおやあれは我がクラスの野ブタ君ではありませんか。欠席かと思ったらイジメにあってたのか。それよりあいつ、もう他のクラスの奴にもいじめられてるのか。……あらあら鼻血も出しちゃって。前田君何発かやっちゃったんだな。

そんなことを考えているうちにまた頭が痛くなってきて、何だかトイレの薄い青のタイルの線が消えてのっぺりした壁に見えてきた。これはもう間違いなくヒドイ風邪というヤツだ。帰ろう。野ブタには悪いが、俺も死にそうなんだ。

俺はフラフラと便所を通り過ぎていった。また野ブタが悲鳴を上げる。……うるさい、ブーブー鳴くな！　見殺しにはしてみたものの、結局俺は一階に下りる階段で足を止めてトイレに引き返した。

くそっ、しんどいときにっ。なんて優しいんだ俺は！

俺は一芝居する前にトイレの入り口で立ち止まって、こめかみを指でぐりぐりと擦ると、能天気な顔を無理やりつくって鼻歌を歌いながら中に入っていった。俺作曲の鼻歌に前田君が恐い顔で振りかえり、「おぉ修二」と優しく挨拶してくれた。俺はしっかりした足取りを気取り、便器の前で足を広げチャックを下ろしながら「前田ちゃん、久しぶりね」と笑顔で返した。タイル張りの汚い床の上で野ブタは二本の鼻血を垂らしながら、泣きそうな目で俺に救難信号を送っている。うるさい。俺の方こそ助けてくれ。

「またやっちゃってるの？」

ふんばった結果、わずかながらに出たションベンはすぐに止まってしまったが、俺は普通に出ているフリをしながら興味なさそうに訊いた。

「おお。こいつ俺の女に廊下でぶつかってケガさせやがった」

前田君に睨みつけられた野ブタは「ひぃ」と縮み上がった。

「ユキちゃんだっけ？　大丈夫だったの？」

頭痛はさらにひどくなっていく。自分の声が遠い。

「ヒザすりむいた。血が出たらしくてよぉ」

「あらら。そりゃあマズイわ。それでお返しってわけね」

俺は小さく体をブルッと震わせ、細部にまでこだわる見事な演技を見せた。よくよく考えればオツムの弱い前田君、ただでさえブチ切れちゃってんのに細かい演技なんか意味ないじゃないか。

「こんな奴がユキに触れたってだけでもムカツクぜ。聞こえてんのかコラ！」

前田君が野ブタを殴ろうと振りかぶった。そのコブシ待て待て！

「ああ、そういやさぁ」俺の声に前田君のコブシがどうにか止まった。前田君がどんな表情かはちょっともうわからないが、とにかくこっちを見ている。チャックを上げて俺は続けた。

「さっきここに入ってくるときに、女が二人立ち止まって覗いてたよ。その後二人で走ってったからチクリに行ったのかも」

「マジかよ？　くそっ。どこの女だ、そいつらぁ」

「二年じゃなかったなぁ。見たことない顔だったし。……それより早く逃げた方が良くない？」

「でもよ、コイツ……」

「そいつ俺のクラスの奴なんだ。俺からちゃんと言っとくから。今度からは廊下に誰もいなくなったときだけ歩けって。床に垂れてる鼻血も何とかしとく。うまく言いくるめるよ、任せとけって。ほら、逃げた逃げた」

「そっか？　悪いな、修二」

前田君は両手を合わせると、ズリ落ちそうなズボンで走りにくそうに逃げていった。俺は前田君が完全に消えたのを見届けると、張り詰めた糸が切れたようにそのままよろよろと後ろの壁にもたれかかった。拍手、拍手をください。どなたかこの俺に盛大な拍手をください。

「どうしたんスか!?」

野ブタが自分より遥かにへばっている俺を見て驚いて訊いた。

「……風邪だよ、バカ。……くそタイミング悪いときに……いじめられてんじゃねぇ……」

頭痛はさらに加速する。ここがトイレじゃなかったら今すぐ倒れこみたいところだ。

「は……鼻血拭かなきゃ。先生来るんですよね？」

野ブタは鼻を押さえてよろめきながら立ちあがろうとした。

「バカ……来ねーよ。……ほんとバレバレの嘘じゃねーか。バカだアイツ……」

俺は前田君が出ていったトイレの入り口を見て言った。

「え？　嘘……なんスか？　……待ってください待ってくださいよ、ってことは俺を助けるために……？」

なんか変だぞ、その言い方。役者かおまえは。あーくらくらす……、

「修二さん！」

野ブタが急に立ち上がって大声を出したので、俺の頭が悲鳴を上げた。

「俺を……俺を弟子にしてください！」

「はぁ？　……弟子？　バカかおまえ」

俺は本当に心の底からそう思った。

「お願いします！　俺を助けてください！」

深く深く、何度も頭を下げる野ブタ。必死だ、コイツ。

「今……助けたろ……」

野ブタのデカイ声は俺の頭を何度も揺さぶって、俺は頭を抱えた。

「お願いします！　修二さんのようになりたいんス！　お願いします！」

「分かったうるせえぇぇ！　分かったから黙れ……って」

「ほんとに!?　ほんとですね!?　約束ッスよ！」

野ブタは満面の笑みで俺に何度も頭を下げると、トイレットペーパーを千切って鼻にねじ込み、走り去っていった。


あのブタ……なぜ俺を助けない！


途中で何度も倒れそうになっては壁によりかかって、休憩しながら階段を何とか下りきって、タクシーでもつかまえて帰るかと思ったが、どうにも体が言うこと聞かず、不本意だが保健室で一時休養をとることにした。

保健室にいたケバイ女の先生は俺を見るなり「ちょっとあなた大丈夫?」と飛びつい

てくれて、イマイチ反応できない俺を座らせた。もういい。もうこの化粧濃いオバサンにあとは任せよう。とりあえず寝させてくれと搾り出すような声で言い、ベッドへよろよろと歩き出すと、まずクラスと名前、それから熱を測ってからねと止められた。てめぇ。信用してないのか？　熱があろうがなかろうが、どこの誰だろうがしんどい奴は寝させろこの塗りたくり女！

　ピピピという音が鳴るまで俺は「早く寝させろ」と目で訴え続け、三十八度三分という証拠を目の当たりにした塗りたくり女は「すごい熱じゃないの」と目を見開いていた。その付けマツゲをむしり取ってやろうかと思ったが、どうにも手が上がらず、俺はブレザーを脱ぐとすぐにベッドに倒れこみ、頭痛に耐えて蹲《うずくま》っているうちに意識が飛んでいった。


目覚めたら汗だくだった。カッターシャツが体に張りついて、白いシーツもじっとり湿っていて気持ち悪くてすぐに体を起こした。……ボーッとする。でもさっきよりはマシか。

　換気のためか、少し開けられたすぐ隣にある窓の外がなんだかキャッキャうるさい。壁に掛けられている時計を見ると、昼休みの真っ只中だった。二時間……ちょっと寝てたのか……。保健室は人っ子一人いない状態で、ただストーブのシューという音が、外の遠い声に混じって聞こえているだけだった。……化粧濃い奴はどこ行った。病人は帰るぞー。やっぱりフラつく足でブレザーに手をかけると、携帯がブルッている音がした。メールだと思って無視したらいっこうに震えが止む気配がないので、ポケットから携帯を取りだし表の小さなディスプレイを確認するとマリ子からだった。なんとなく、まだあんまり誰とも喋りたくなかったが、音信不通のままだと余計心配されて、何度もかけてくるかもしれないので、俺は携帯を開くと渋々青い通話ボタンを押した。

「……もしもし」

――あ、修二？　ごめん、寝てた？

「うん……今起きた」

――今、家？

……保健室なんて言ったらこっちに来ちまうか。

「ああ、家」

――大丈夫？

「なにが？」死にそう。

――風邪でしょ？

「全然平気。ダルかったから帰っただけだって」

――……ほんとに今、家？

「えっ？　表札には確かに桐谷って書いてあったけど？　違うかも。じゃあここは誰の家？　誰の家なのぉ！」

つまらないことをして頭に響いた。安静にしなければ。

――……ウソつき。……そこにいるくせに。

「へ？」

顔を上げるとマリ子が開いていた扉の外の廊下に立って俺を見ていた。アイタタタ。バレちゃった。

マリ子は携帯を耳から下ろすと、ローファーを脱いで中に入ってきた。一演技必要そうな空気だ。

「……どうして嘘つくの？」

マリ子が俺を見上げて訊く。マズイ。これは「女」の目だ。クラスメイト程度の関係の奴がする目じゃない。悲しみの入り混じったうるうる目。そんな目すんなよ。おまえは俺の何なんだよ。

「……心配させたくなかったから」

携帯を折りたたみながら適当に答えると、また頭痛が戻ってきたが、俺はなんともない顔をし続けた。女の目は「あなたのことを思ってですよ」という意味を含む俺の答えでほんの少し薄れたようだった。

「……熱あるの？」

心配そうな顔でマリ子が訊いた。

「……ちょっとだけね」だから早く帰らせてくれ。

襲いかかる何秒かの沈黙。それを埋める元気は今はちょっとありそうにない。

「……もう帰るの？」

「そうだね。うん、帰ります。お先です」

俺はブレザーを着て鞄を持つと、マリ子の視線を背中に感じながら保健室を出ていった。

「修二！」

なんとか逃げ切ったと思ったのに廊下で呼びとめられた。くそっ。何だよ。

「一人で帰れる？」

「平気。タクシーで帰る。あ、今日弁当ごめんな」

いい気遣いだ、俺。

「ううん、気をつけてね」

俺はやさしい顔をして手を振ると、廊下をまっすぐ歩いていった。

今の演技、ちょっと焦って失敗。四十三点。

どうも好きになれないこのタクシーの臭いの中で、俺はぼんやりと窓の外を見つめていた。いつも通う道は一方通行のため、タクシーは遠回りして大通りを走っていく。この地域も割と発展しているのかもと思わせるビルが立ち並ぶオフィス街の交差点で信号につかまり、少しの距離にタクシーを使う生意気な高校生を乗せてしまった運転手が軽く舌打ちするのが聞こえた。信号待ちの間、運転手のオッサンは日報らしきファイルを取り出すと何やら書きこんでいた。「また信号につかまった」と愚痴でも綴っているのだろうか。窓の外ではサンドイッチ屋の前で、ＯＬが寒そうに財布を抱きしめながら行列に並んでいる。

マリ子には気付かれているのかもしれない。今日、いやもっと前から俺が着ぐるみ被って楽しく演じていることに気付かれていたのかもしれない。せっかくどこかのアミューズメントパークの、かわいらしいキャラクターの着ぐるみを着てみんなに愛されているのに、その視界のために開けられた真っ暗なでかい口の奥に潜む、乾いた、無表情の俺がマリ子には見えているのかもしれない。どうして嘘つくの？　って訊いたのだって、普段のことも含めて訊いたように取れなくもないし。……それは考え過ぎか。でもあいつは女だ。堀内や森川なんかより、ずっと深く俺のことを見ようとする。いらないんだ、そんな深い繋がりは。俺が欲しいのは適度な愛情だ。どうやったって消えはしない寂しさと虚しさを仮に埋めるだけの薄っぺらい愛情だ。だから誰も俺の中に入ってこなくていい。どうせ孤独は埋まらないんだ。愛してるって抱きしめたって、抱きしめられたって何一つわかりやしない。いつだって疲れて、虚しさに苛まれるだけだ。

結局二日休んで俺はやっと体調を戻した。二日間でメールやら電話やらが来る来る鳴る鳴るであまり休めた感はなかったが、気遣われるというのは悪いものじゃない。これも俺の求める愛情のうちだ。

久しぶりの登校に俺はいつもより手厚く迎えられ、うるさいのと嬉しいのとが入り混じった変な気分で着席した。席に着くや否や嫌われ者の野ブタが小声で俺を呼ぶので、なるべく周りに悟られないように後ろにも振りかえらず「なに？」とだけ訊いた。

「……あのこないだの話……」

……弟子かぁ。すっかり忘れてた。

「弟子……にしてくれるって、ほら」

こらこら、その話はここではやめてくれ。

「後でな」

俺がそう言うと野ブタは三匹の子ブタの末っ子ブタのようにお利口さんなので黙り込んでくれた。

くそっ、余計なことを思いだしちまったじゃねぇか。

あの日から二日経ったというのにまだおばさんが、相変わらず温度差のある授業を繰り広げていた。情緒があるだのなんだの言って、そんなしょっちゅう俳句に感動している場合じゃないと思うのだが、まるでそうやって大袈裟に感動していないと自分のドラマのない現実の人生に潰されそうと思っているのか、とにかく必死で感動していた。もっともその分周りが見えていないので、当てられる心配もない。俺は野ブタとのうざったい約束についてゆっくり考えてみることにした。

まぁ結論から言って断るしかないだろう。なんで俺が弟子など取らねばならんのだ。それにしても弟子って。古い世界で言えば舎弟みたいなモンか？　あれが俺の子分になるわけ？　それは頂けないな。野ブタだし、弟子っていうか飼い主の方が近いだろ。俺、野生のブタなんです！　だから飼い主になってくださいブー！　って？　そういう意味か？（笑）

俺はプリントの隅に描いたブタに×印をつけた。

だいたいあいつは俺の弟子になってどうする気だよ。俺みたいになりたいとかなんとか言ってたな。弟子になったらイジメから抜け出せるとでも思ってんのか？　その前に俺みたいになりたいってどういうことだ？　俺みたいに誰からも敵視されず、愛される存在になりたいってこと？　ブタには無理だろ。んー、断るか。面倒臭いこと引き受けて、俺にとばっちり来たらヤだし。やっぱり断るか。売れないブタは要りませんって。ノーモアブタ！　って。モアじゃねぇか。でもアイツこのままいったらまた別の学校に移らなきゃいけなくなるだろうし。彷徨《さまよ》う野ブタ……そういう映画ありそう。……売れないブタを何とか売れるようにするとか？　無理か。……いや、……いけるんじゃないの？　俺が全部管理して思うように育てていけば。うん。ちょっと人権問題に引っかかりそうだけど。でもブタだし。うん。それに音楽業界とかでもやってんじゃん、プロデュースってやつ。そうだ、プロデュース。それだ。……今現在完全無視の野ブタをみんなが愛する人気者にする。これができりゃ俺の人を騙して動かす力は本物だ。よし。こはひとつ、挑戦してみるか。

楽しい遊びを見つけた俺はぬふふとほくそえんだ後、いかんいかんと真面目な顔になると、おばさんの最近目立つ小皺を見つめた。

俺は申し出を受けることを伝えるため、二限目の休み時間に野ブタを人目のつかない屋上に呼び出すことにした。一緒に歩いて変な疑いを持たれても困るので、売店に寄ってコーヒー牛乳を買うと、紙パックを振りながら屋上に上がっていった。

予想に反して野ブタはまだ来ていなくて、簡単に飛び越えられる古い金網の柵で囲われた屋上は曇り空のせいもあるのか寂しい雰囲気だった。ゆっくり上がってきたつもりだったが、やはり運動不足なのか少し息が切れ、冷たい空気が俺の肺に次々と入りこんでいった。俺は呼吸を整えながら所々ヒビ割れたコンクリートの上を歩いていくと、金網にもたれかかって、ちょっと振りすぎた感のあるコーヒー牛乳の背中についているストローをパックに挿し、一口吸った。……しまった、あったかいのにすれば良かった。なんだか寂しい気分になって空を見上げると、空も「しまった、晴れれば良かった」とへコんでいるようだった。

屋上が開放されている学校というのは稀だと聞く。誰かが飛び下りるからとか、不良がたまるからとか、そういう理由のせいだろう。ここの校長がお気楽者のバカなのか、それともちゃんと高校生の不安定感を分かって開放してくれているのか、そんなことに興味はないが、どちらにせよこの場所は俺のお気に入りだ。

なんだか飲む気も失せたので、コーヒー牛乳の原材料名などが書かれた表記を読んでいると、向こうからブタが走ってくるのが見えた。意外と速い二足歩行のブタは、俺のところまで来ると息を切らしながらふへふへ何か言っているので、とりあえず俺は「ご苦労様です」と言った。

「さっきの話だけど」

俺は面倒臭そうに切りだしたが、内心では今すぐがっちり握手したいぐらいだった。

「はい！　よろしくお願いしまッス！」

「弟子は断る」

「へぇ……そんなぁ……」

一生懸命走ってきたのに、とも聞こえるガッカリを見せる野ブタに俺は前代未聞の提案を投げ掛けてみた。

「いや、弟子じゃなくてさ……弟子って何て言うか、付き人と同じだろ？　俺はおまえに付き人になってほしくないのよ。暑苦しいし。でな、弟子なんかよりな、時代はその……プロデュース、なんだよ、分かるか？　つんくとかな。それでも良かったらやってもいいよ」

「プ、プロデュースっスか？」

ブタにも英語は分かるらしい。

「そう。〝モー娘。〟みたいに無名の子をみんなから愛されるアイドルにするんだ。もちろんあの子たちはオーディションで選ばれたある程度、素質とか素材がいい奴なんだけど。その点おまえは書類選考どころじゃない感じだし、アイドルとはかけ離れた存在だけどさ。ま、相手はクラスの四十人だからな。多くても学年全体百六十人ぐらいか。そのぐらいならやってみる価値はあるだろ？」

「えっと……？」

俺の怪しい商談に困惑する野ブタ。しかし奥さん、いやブタさん、契約してもらいますよ、これ。

「だーかーら、俺がおまえを……」

これなんか言うの恥ずかしくないか？

「……プロデュース……してやる」

「……はぁ」

野ブタのイマイチな反応に何だか俺はスベってるみたいで恥ずかしくなって、

「俺がおまえを人気者にしてやるって言ってんだよ！」

とブチ切れ気味のデカイ声で言った。

「そんなことできるんスか!?」

野ブタは夢のようなお誘いに目を丸くして興奮した。

「うるさい！　でかい声出すなよ」

「でも俺……こんなですよ？」

「いいんだよ別に。だいたいプロデュースってのは何でもない奴を光ってるようにみせる仕事なんだから……それ以前におまえ人気者になりたいか？」

「も、もちろんッスよ！　でも……」

「一応、参考程度に聞いておこう。おまえ、どういう人気者になりたい？」

俺の突然の問いかけにあわてふためいた野ブタは、

「え！　えっと……あの……修二さん、みたいな。あの……おもしろくて、えっと……顔が広くて、みんなに好かれて、あんなかわいい彼女がいるような……」

と言葉を羅列した。

「……おまえ早くもやらしいコビの売り方するなぁ。実際の芸能界じゃそういうのは大事だけどな、他の子もプロデュースしてるわけじゃないんだから。今は正直に言え」

「いや、ほんと！　ほんとに俺、修二さんに憧れて」

「この世界に入ってきましたってか？」

俺は意地悪なことを言って野ブタの反応を楽しんだ。

「違いますって！　ほんとッスよ！」

「だからほんとよろしくお願いしますって？　やらしいなぁ」

「ちょ、修二さぁん！」

俺と野ブタは互いの目的のために合意し、判を押した。俺は実際に判を押したかったのだが、そんな物はないので代わりとしてコーヒーに付いていた「１００円」のシールを、こっそりと野ブタの背中に貼ってやった。俺が野ブタを人気者にする。不思議とわくわくしてしまう自分がそこにいた。

見上げた空は相変わらず曇ってはいたが「ま、晴れなくてもいいじゃん」という開き直ったような顔をしていて、俺は「立ち直り早っ！」とツッコむと、少しニヤけることができた。

契約を結んで最初のミーティングはその日の放課後、桐谷家の二階にある俺の部屋で行われた。その日は成り行きでマリ子と一緒に帰ることになってしまったため、俺は野ブタに三十分後に俺御用達のコンビニに来るよう業務連絡し、急ぐ様子も見せず楽しくお喋りしながらマリ子を家に送った後、来た道を少し戻ってコンビニで落ち合い、野ブタを我が家に招待した。

［How much the hell are you gonna gain, you piggy!（一体どこまで太る気だ、このブタ！）］と書かれたふざけた輸入物のロングTシャツを着てみたのだが、野ブタはそれに特にコメントもなく真顔で冷たいフローリングの床に正座していた。俺は自分の勉強椅子に足を組んで座ると、まずは基本ルールとして四項目を紙に書いて壁に貼り出し、守ることを野ブタに誓わせ、朗読させた。

「一つ！　プロデュースのことは一切口外禁止！」

「一つ！　プロデューサーがやれと言ったことは原則として拒否不可！　……これカッコのところも読むんですか？　……ただしどうしてもキツイときは早めに言う！」

「一つ！　勝手な判断で動かない！」

「一つ！　契約を切るときは人気者になれたとき！　リタイアは不可とする！」

野ブタが言い終わると俺は小さく拍手した。

「よろしい！　とても良い大きな声でしたよ」

「あの……リタイアだめなんスか？」

野ブタが困惑の表情で訊いてくるので俺は「いきなり弱気になるなよ」と眉をひそめて言った。

「よし、まずは酷なようだが今のおまえの現状を発表する。クラスの奴が普段おまえをどう思ってるのか、もちろん俺も含めてな。この発表は今まで味わったこともないほどの絶望感をおまえに与えるだろう。立ち直れなくなってもいいからな。まずは現実を受け止めろよ」

ちょっとプロデューサー口調になっている俺に対し野ブタは、

「そんな言い方されたらちょっとこわいッスよ」

と期待通り怯えた。

「だって実際恐ろしい内容なんだもん。言うぞ！」

「えぇ！　待って！」

俺は自分はSかもしれないと思った。ダメだダメだ。野ブタを縛ればハムのお中元になってしまう。

「歯ぁ食い縛れ！」

「はいぃ！」

「とにかくなんかムカツクんだよおまえ！　みんな今までおまえほどキモイ奴見たことないんだってさ！　顔中脂まみれだしクビないしブレザーの肩にいつもフケ乗ってるしケツ椅子からいつもハミ出し過ぎだしボタンはちきれそうだしなんかふぅーふぅー言ってるし！　ブーブーも言いそうだし！　キモイからいじめられるんだよ！　モテる要素が全くないどころか半径二メートル以内に近寄る気もしねぇよ！　どこの学校に編入しようが一緒だ！　いっそのことブタ小屋に編入しろ！　いじめっ子に訊きました、いじめたい男はぶっちぎりでおまえがナンバーワンだ！　女子に訊きました、抱かれたくない男はおまえ殿堂入りだ！　そんなおまえが人気者になれるわけねぇだろ！　甘えんな！　とんでもないこと引き受けちゃったなって俺は今猛烈に後悔してんだよぉ！　このブタ！　売れないブタぁ！　ブーブー言ってんじゃねぇぇー！」

……あ～、言った。言ってやった。ちょっと言い過ぎか。

野ブタは必死に歯を食い縛って耐えてはいるが、今にも泣き出しそうだ。

「その顔がブサイク！」あっ、今のは余計だ。

「ま、今言ったのを全部改善すりゃいいんだ」

俺がむちゃくちゃな結論を出すと、野ブタは涙を堪えながら俺の目を見た。

「……ゅうじさぁん……おれ……どうしたらいいんスかぁ……？」

底まで落ちて打ち沈む野ブタの肩に手を添えて、俺は野ブタを見つめ返した。ここは絶望する落ちぶれタレントにプロデューサーが温かい言葉をかける大事な場面《シーン》だ、と俺は思った。

「変わるんだよ。俺がおまえを必ず売れっ子にしてやる。これからは俺の言う通りに動け。そうすりゃおまえはブタはブタでもチャンピオンブタになれる」

「……チャンピオンブタ？　なんか……中国人の名前みたいッスよ、それ……」

「じゃ大王ブタだ。ブタ皇帝？　ブタ博士ってのは？」

「なんスかそれ……」

野ブタは涙目で俺を見ながら少し笑った。

「とにかく俺の監修のもと動け。勝手な行動は厳禁。いいな？」

「はいっ」

野ブタは目を輝かせ、とてもいい返事をした。

なんだかスッキリした俺は、野ブタをしげしげと眺めると、華々しいデビューのために野ブタをどう生まれ変わらせるか考えてみた。そう広くない部屋に座っているとはいえ、これだけの巨体だと、見慣れた自分の部屋がいつもよりだいぶ狭く感じる。

「まずは……やっぱり外見だな。高校生なんて九九％外見判断だしな。今のおまえはちょっと……キモイのはキモくても笑いのとれる程度のキモさじゃないとダメだ」

「どうするんスか？」

「体に悪いダイエットはとりあえず今は捨てる。人気とりのために痩せようとしてるなんてわかったら確実にキモがられるしな。デブなのは売りにする。でもデブでも清潔感がないのはダメだ。まずはそのフケの飛び散る頭を刈る。ちょうしにのってモヒカンにしたり笑いを取ろうと、なんかこう文字とか模様を残して刈ったりするのも今のポジションじゃ逆効果だ、余計いじめられる。丸刈り。これでワカメヘアーとフケは一気に解決だ」

「坊主ッスか？　なんかそれも余計にいじめられそうッスけど……」

野ブタはそんなに抵抗を示さなかったが、刈られることになったワカメヘアーを名残惜しそうに触った。

「最初はそうかもな。あとは……その脂の浮かぶ顔を何とかしないとな。おまえ洗顔とかなに使ってる？」

俺の問いかけに野ブタは「洗顔？　……水ッスかね」とお湯は使わないことを教えてくれた。

「バカ、洗顔料だよ。いろいろあるだろ、今。つっぱらないだの、さっぱりツルツルだの。あと泥洗顔とか」

「朝起きて眠いときに、たまに顔洗うぐらいしかしてないッスねぇ……」

そりゃ単なる眠気覚ましじゃねぇか。

「……後でちゃんとした洗顔料買いに行こう。それ学校に毎日持って来て、昼休みにバレないように顔洗え。毎授業休みには油取り紙で軽く脂も拭くこと。もちろん汗もな。それから体育の後はおまえは必ず人以上に汗かくから、タオル持参。制汗スプレーで汗臭さを最小限に抑えること。香水、アクセサリーの類は一切着けるなよ。デブだけどかわいらしい素朴感を売りにするんだから。それとコンタクト。持ってないならあとで作りに行く。メガネはやめなさい」

野ブタは俺の言うことを全部聞き終わってから「すいません、メモ取っていいッスか」と尋ね、結局俺は同じことを二回説明するハメになった。

「じゃあ……とりあえず、頭刈るか」

床でメモを書き終えた野ブタは頭を上げると「今ッスか?」と驚いた顔を見せた。

「早い方がいいだろ。おまえ、頭カタチいい? 絶壁とかじゃないだろうな?」

俺は野ブタの頭を観察しながら言った。

「俺、頭の形は自信あります」

まっすぐに俺を見てそう言う野ブタに、そんなとこに力入れられても、と俺はうろたえた。

「よし。刈ろう」

俺は立ち上がって部屋を出、洗面所に行って小さいとき俺が使っていたバリカンと昨日付の新聞を居間からかっさらってくると、野ブタに上を脱ぐように言った。

「え？　脱ぐんスか？　なんで？」

「服に髪の毛が付くと取るのが面倒臭いだろ」

「ああ、そうか」と野ブタは納得したようで、すぐにブレザーを脱ぎ、超過穴を開けたベルトをゆるめカッターシャツを出すと、上からボタンを外していった。その間に俺は新聞紙を野ブタの足元に何枚か広げて敷き、隙間がないように敷き終わると顔を上げた。

目の前に野ブタの白すぎる半裸体があった。これはもうブタ以外の何だ。ムチムチの制服に身を包んでいる方がまだブテブテがマシで、こいつは着痩せするタイプらしい。ピンクの乳首の周りにはうっすらと毛が生えていて、これは……ちょっとコメントしにくい体だ。

俺は何だか面を食らって、頭を搔きながら「んじゃ頭下げて」と野ブタに言うと、野ブタは両手を膝に、頭を差し出した。うおお、なんかこれすごい絵だ。これ今、親が帰ってきてこの部屋に入ってきたら、俺はどう説明したらいいんだろうか。上半身裸のデブとバリカンを手にする俺。口巧者の俺でもあまり良い言いわけが思いつかない。急ごう。早く済ませてしまおう。

「刈るぞっ」

「はいっ！」

バリカンに三ミリの刃をセットし、スイッチを入れる。右手に振動が走った。目の前には渋ることもなく頭を差し出す野ブタ。なんか野ブタには悪いが笑えてきた。なんでこいつ俺に頭刈られてるんだ？　考えだしたらどうにも笑えてきて、バリカンもヴゥーンという音を立てて刈る気満々だし、なんかホント笑えてきた。なに、この図。ダメだ。こいつは切実なんだ。真剣に取り組まなければ。俺はそう思いなおして急に真面目な顔になると、やや姿勢を低くして、記念すべき一刈り目の狙いを額に定めた。ついにバリカンが額から投入され、ジジジという音とともに細かい髪が舞い、真っ黒でちょっと脂っぽい塊がぼとっと新聞紙の上に落ちた。おぉ……もう後には引き返せない。


床に敷かれた新聞紙の上に、あまり触れたくない真っ黒な山が出来ていく。所々飛び出た刈り損ないを処理し、最後の仕上げをすると俺はバリカンのスイッチを止め、ふぅ～と息を吐いた。

「よーし！　頭上げろ！」

心配そうな顔で頭を起こした野ブタは、誰も救えそうにない大仏みたいになっていた。二秒後、俺はそのあまりの情けなさに耐えきれなくなって笑い始め、不安いっぱいな顔の野ブタを無視して気が済むまで爆笑したあと、野ブタの周りを回っていろんな角度から眺めると「いいんじゃな〜い？」とほくそえんだ。野ブタの言った通り頭の形は見事にまんまるで、足もとの黒い山とは違いこれはちょっと触ってみたくなる頭だ。

「メガネ取れ、メガネ」

嬉しそうに俺が言うと、野ブタはめり込んでいるメガネを引っこ抜いた。

こ……これは！　良い！　良いよ！（笑）　誰だおまえ！（笑）　ノッてきた俺は大仏を再現させようと野ブタに地べたで座禅を組ませ、右手と左手を定位置に移動させると二歩下がってまた爆笑した。

「ほれ、鏡」

むせながら鏡を手渡すと、野ブタはまんまるの頭を擦りながら自分をいろんな角度から見て、照れくさそうに笑った。

「なんか……ちょっとかわいいかも」

「な？　途中まで俺もやっちゃったかなって思ってたけど、できあがってみたら結構いいだろ？」

「……これ、イケてますよ」

「付いてる髪の毛落としてろ。掃除機とゴミ袋持ってくるから」

掃除も無事終了し、カッターシャツを纏って白すぎる裸体と毛の生えた乳首を隠した野ブタは、ボタンが一番上までとめられているせいか、ものすごくかわいく見えて俺は半笑いになって、これはあとで笑おうと思った。

「ここからが大事だからよく聞けよ。確かにおまえは多少かわいらしくなったけど、今まで総スカンくらって最悪の評価を受けてたおまえが、坊主にしたぐらいで明日一気に悪いイメージを払拭、友だち百人できましたなんて夢のような話はあり得ない。明日は俺の周り、そうだな……堀内と森川あたりを仲間に引き入れるだけにしよう。デビュー戦は手堅くだ。出鼻挫かれたらおまえもやる気なくすだろ?」

俺が同意を求めると野ブタは「まぁ、そうッスねぇ」と小さくうなずいた。

「あ、その前におまえに芸名を与える」

と言っても本名なのだが。

「芸名?」

「うん。野ブタで」

「ノブタって……あぁ〜、あの、俺の名前太く信じるって意味でシンタって読むんス、あれ」

「違う! 野生の野にブタのブタで野ブタだ!」

「ええええっ……?」

言い切る俺に戸惑う野ブタ。しかしこんなおいしい名前、使わないわけにはいかない。

「とにかく野ブタな！　売れそうじゃん、野ブタって」

「売れますかね？」

多分野ブタは家畜としては失格なので売れないだろう。

「で、デビュー戦だけど……」

「はい！」

俺はつんく♂のような敏腕プロデューサーではない。プロデュース業だってまだ始めたばかり、第一秘書も第二秘書もいなければ、抱えるタレントだってブタが一匹だけだ。ゆくゆくは事業を拡大して、ニューヨークに一軒家を購入し、そこに白いピアノを置きたいなどと夢を抱いているわけでもない。ようするに俺はなんの実績もないただの高校生だ。そんな俺に唸るようなデビューイベントを考えろなど土台無理な話というものだ。というような開き直りとも取れる言いわけを、スゴイ企画を言うのにもったいぶるような沈黙の間に考えていた。

野ブタはそんな俺の目を真剣に見つめていた。俺もとりあえず真剣に見つめ返してみた。見つめ合う二人。いったんCMに入りそうだ。とりあえず時間が欲しい。若い人に訊くと今一番欲しいものはお金の次に時間だと言う。そうだ、一休さんでさえポクポクやって時間をもらっているではないか。もう既にとんちは浮かんでいるのに番組の都合上あれをやっているときもあるんじゃないかと俺は疑ってはいるのだが、そんなことはいいとしてとにかく時間が欲しい。俺はチーンと思いつくと携帯を取りだし「そういやおまえの番号知らなかったよな？　業務連絡のためにも教えといてくれる？」と見事に自然にポクポクする時間を確保した。

野ブタがなんの疑いもなく俺の携帯を受け取って番号の登録を始めると、俺は脳みその「がけっぷちパワー」というボタンを押して、脳みそを超高速回転させた。どうする。どうするどうするどうする。どうするどうするどうするどうするどうするどうするどうするどうするどうするどうするどうする……チーン。

「笑い」だ。やっぱ笑いに頼ろう。っていうかもう笑おう。笑っちまおう。明日野ブタを笑いまくってやろう。それだ。それしかないですよシンエモンさん！

俺はいつでもお披露目可能な状態だったが、野ブタは現代の高校生なのにイマイチ登録の仕方がわからないようで何やら難しい顔になっていた。早くお披露目したい俺は「なにしてんだ、もう後でいいよ」と時間を貰っておいてメチャクチャなことを言い放ち、携帯を奪い返した。

「デビュー戦の話だったろ？」

「はい！」

答えは「笑い」と出たが、それはあくまでコンセプトだ。ここから話を膨らませて説明し、この目の前のブタを納得させなければいけない。やるしかない。俺の口よ、今こそその力を見せろ！

「大事なのは……大事なのは登場シーンだと俺は思う。一番最初みんなが坊主になったおまえを目撃するときだ。なるべくデカイのをかましたい。時間通りに学校に来たんじゃ廊下で見られたりして、一度にみんなにインパクトを与えることができない。だから明日は遅刻して行こう。注目を一気に浴びるにはこれしかない。その注目の浴び方に今回は俺が命を吹き込む」

いい調子だ！

「命、それは笑いだ。明日、俺とおまえは一緒に遅刻して学校へ行って、廊下で偶然出会ったことにするんだ。俺はさっきみたいにおまえの頭を見て廊下で爆笑する。教室の中にいる奴らは全員何事かと曇りガラスの向こうの二つの影に大注目するだろう。そこで俺は止まらず爆笑しながらおまえと教室に入っていくんだ。するとどうだ、爆笑する俺につられてみんなも笑ってしまうのだ！」

言い終わった瞬間、俺は修二万歳！　と心の中で両手を突き上げた。

「……それで人気者になれます？」

人が胴上げされているときに水をさすブタに俺はムッとして、

「あのなぁ、一番最悪な事態はなんだ?」

と野ブタに訊いた。

「なんスか?」

「そのまま返すなよ。……一番最悪な事態は坊主にしたことが無駄に終わることだ。流されて無視されること。誰にも全く反応がなかったらそれが一番最悪、完全に失敗ってヤツだろ?」

野ブタは素早くうんうんうなずいた。

「だったら俺が反応しちまえばいいんだ。無理やり反応を作っちまえばいいんだよ。爆笑してる人間を見たことあるか? どうしてかわかんないけどこっちまで可笑しくなってくるんだ。クラス全員を笑わそうとは言わない。半分くらい笑ってくれれば上出来だ。なんなら森川と堀内だけでもいい。あいつらなら俺が笑えば笑う。絶対笑う」

野ブタの顔はまだにこやかではなかった。もう少しこのブタには説明が必要だろう。

「笑ってどうなる? って思ってるだろ?」

それです、とばかりにさらに激しくうなずく野ブタ。

「……笑いをバカにすんな。今まで陰で笑われてたのとはワケが違うぞ。表の笑いだからな。本人をちゃんと目の前にして笑ったんだ。向かい合って笑った後に続くのは会話だ。俺がちゃんとおまえを見て思いっきり笑ったことで、その授業が終わってから俺がおまえにしゃべりかけてもなんの違和感もなくなる。森川と堀内もすぐに参加してくるだろう。そしたら？　待っているのは四人でのトークだ。氷が溶ければあいつらだって喋る。そのトークがうまくいけば、二人のおまえの悪いイメージは消え去る……ってわけだ。納得？」

野ブタはついに会心の笑みを見せ、どうやらプロデューサーのやり方に納得してくれたようだった。俺はというと実は心臓が早打ちしていたが、自分のがけっぷちパワーの思いつきと、出てくる出てくる言葉の凄まじさにちょっと感動していた。

明日だ。明日野ブタは俺の手によってデビューする。いや、再デビューか。小谷信太としてではなく、「野ブタ」として再デビューする。俺はまた携帯を差し出して登録を続けるよう言うと、これから売り出していく坊主のブタを愛しく見つめた。

翌朝、俺は余裕を見て始業十分前にコンビニで野ブタと待ち合わせし、雑誌を読み漁って時間を潰すと、悠々と登校した。学校に面する細い道を歩いていくと、門の前で遅刻にうるさい体育教師がイライラしながら歩きまわっているのが見えた。公務員の仕事が門番とはまったく情けない、と思った俺だったが、あいつが門番のときに遅刻すると放課後呼び出されて、門の周りを掃除させられることを思い出した。……これは遅刻になるわけにはいかない。なんとか見逃してもらわなくては。今日は野ブタのデビューと同時に俺の演技力が試される日でもある。ここは一つアイツを練習台にしてみようと俺は思った。だいたい今日は人のための遅刻だ。見逃してもらうのが当然だろう。

「遅刻は見逃してもらおう」

俺は野ブタにそう言って財布を出すよう求めた。野ブタは困惑した様子で、またどこのメーカーかわからない財布を取り出すと、俺に差し出した。

「中身全部抜け」

俺はポケットから自分の財布を取り出すと、野ブタと同じように中身を全部抜き、それを鞄に入れると、カラになった財布をポケットにしまった。野ブタはわけがわからないようだったが、俺の言った通り、俺と同じカラの財布を作った。俺は「何も喋るなよ。落ち込んだ顔してろ」と野ブタに言い、自分も暗い表情を浮かべ、二人で体育教師の待ち構える校門まで歩いていった。体育教師は遅刻してきた不届き者を見つけると、厳しい口調で言った。

「おまえ、今何時だと思ってる！」

「……すいません。登校途中に船高の奴らにからまれまして。金取られました」

俺はヘコんだ顔でポケットから財布を出すとスッカラカンなのを見せた。

「なにぃ？　大丈夫だったのか？」

スッカラカンの財布に目を見開いて驚く体育教師。筋肉バカは単純だ。

「おまえもか？」

野ブタは「はいっ」とあわてた様子で空っぽの財布を取り出して見せ、それを見た体育教師は「おまえもか」と同じセリフをイントネーションを変えて使いまわした。

「それで、二人ともケガはないのか？」

「今日のお昼代がないのはイタイですけど、体は無事です」

「……そうか。船高だな？　後で教頭先生に報告しておこう」

「あの……遅刻ですよね？」

「おまえらのせいじゃないだろ？　遅刻はなしだ」

そう言うとすぐに門を開けてくれた。

「すいません。ありがとうございます」

ちゃんとお礼を言って俺たちは見事に遅刻をもみ消し、校内に入っていった。

まったくどいつもこいつもすぐ騙される。野ブタは俺の嘘八百に感動していたが、俺は簡単に騙された筋肉バカを鼻で笑った。

ちょっとの話術とそれなりの見た目で人なんか簡単に騙せるものだ。俺がもし赤髪でヘラヘラした奴なら、さっきのだって、すぐでたらめ言うなと突っぱねられただろう。

生きてく上で変に損しないように、疑われないように、嘘がバレないように、見た目は常にきっちりしておかなくてはいけない。基本は真面目、適度におしゃれ。それが万人に受け入れられる秘訣というヤツだ。

それにしてもまったく教師という奴は……大人のくせに簡単に騙されてなにやってんだ。だいたいこれからやるいじめられっ子を救うことだって、ホントはおまえらの仕事じゃねーのか。そう思って俺は口元を緩めた。

偶然出会った感を出すために俺たちは別々の階段を使って上がり、廊下の両側から歩いてきてバッタリ出会うことになった。東階段からは俺が西からは野ブタが上がってきて、いよいよデビューイベントの会場に到着した。プロモーション活動は全くしていなくても会場は満員、俺の斜め前にある引き戸を開ければこれから取り込んでいく約四十名の客が待っている。ここから始まる俺の秘密のプロデュース業。俺は野ブタを売れっ子にする。俺たちは教室を挟む壁と壁にそれぞれ身を隠して待機し、深く息を吐いて野ブタにも深呼吸するようジェスチャーすると、野ブタもそれに従った。……よし。やろう。俺は一つ大きめの咳払いをして一応中の注目を集めると三歩下がり、入場する手前の引き戸からは遠い位置にいる野ブタに歩いてくるよう手招きした。中から見ればちょうど大きな人影が歩いてくるような感じに見えるだろう。俺もわざと曇りガラスに映るように出て行くと急に立ち止まった。今だ。

「ダハハハハハハハ！」

朝の静かな授業をぶち壊す笑い声が廊下に響く。一度腹を押さえて頭を垂れるとすぐに教室の引き戸を引いた。爆笑しながら入場する俺をみんなが何事かと見る。まもなく俺が野ブタの腕を引っ張って、ついにその姿を見せる新・野ブタ。絶句するみんなに、俺は野ブタの頭を見ながら「何も救えない大仏みたい」と言って野ブタを揶揄し、もう一度爆笑し直すとクラスから上がる上がる笑い声。最初は多分森川だったのだろう笑い声は堀内、他の男子たちに瞬時に伝染し、諦めていた女数名もそれにつられて笑っている。予想以上の大反響。おっさんは授業が急に中断されどうしていいかわからない様子で、「静かに」という精一杯の教師言葉で対抗した。俺は先導するように笑い続けると、ようやく席に着いた。笑い声はクスクス笑いに変わり、授業が再開された。

終了のチャイムが鳴り響くと俺は、すぐに後ろの席の野ブタを振り返って改めてグフフと笑った。思った通り、森川と堀内が飛んできて「おまえ笑いすぎだって」と俺の肩を叩いた。

「だってこれ見ろよ。ほんと大仏そっくり。なぁ、な、座禅組んでくれよ。手こうやって手」

俺は昨日やったのと同じように椅子の上で小さな大仏をつくると、また爆笑した。森川も堀内もあまりのそっくりさに笑い出し、周りにいた奴らまでもが笑っていた。そしてここからが大事だと、俺は笑い顔をしながら気を引き締めた。

「どうしたの？　何で坊主にしちゃったの？」

繰り出される俺のフリ。ここで野ブタのセリフだ。

「昨日散髪行ったんス、雑誌の切り抜き持って。やってほしい髪型のその……裏側のモデルがたまたま坊主だったんスよ。俺それ全然知らなくて折りたたんで渡したら、あの……勘違いされたみたいで。すぐ寝ちゃったから途中まで気付かなくて、気付いたときにはもう……ココなかったんス」

野ブタは頭の中央のラインをなぞりながら言った。

「マジ!?　ハハハハハ！」

出来過ぎたネタはもちろん俺が事前に野ブタに仕込んだものだったが、昨日何回も練習させた野ブタの演技は結構なもので、堀内と森川は疑いもなく笑ってくれた。

「でもいいよ！　こないだよりなんかかわいくなったなおまえ！」

記念すべき「最初に話し掛けたで賞」は森川が受賞し、俺はよくぞ、と森川を心の中で褒め称えた。

「な、ちょ触っていい？」

今度は堀内がこれも記念すべき初接触を申し出てくれ、俺はこれはもうやったなと確信した。

堀内が野ブタの頭部を擦り、「おほぉ、これはいい」と顔を綻《ほころ》ばせると、森川もそれに続いた。男はこれだからいい。笑いで何もかも忘れ去ってくれる。そのときそのときがおもしろければ、細かいことは気にしない。こんな感じで男は摑んでいけるだろう。

上昇気流に乗って、俺は野ブタの芸名を発表することにした。

「な、こいつの名前さ、最初見たときノブタって読まなかった？」

「ノブタ？　ああ……ホントだ！（笑）野ブタ？　ぴったりじゃん！」

案の定、爆笑してくれる二人。

「だろ？（笑）俺もう笑っちゃってさ。どうしようかと思った」

この日が四人で喋った最初で最後の日でした、なんてことにならないように、その日から俺は、休み時間になればストーブ近くに移動していたのをやめ、できるだけ堀内と森川を俺の席に来させて四人で話す機会を確保し続け、売店などに行こうとなれば自然と「野ブタも来る？」と言わざるを得ない状況を作り上げていった。日常が違和感をなくしていき、一週間も経つと、相変わらず四人でなければいけなかったが、野ブタは何とか森川と堀内に受け入れられたようだった。

デビューイベントの大成功は今までにない満足感を俺に与えてくれた。自分の構想通りに世の中が動くことの素晴らしさ。自分一人ならいくらでも他人をコントロールできるが、野ブタというハンデを背負い、野ブタという他人を使ってコントロールしていくということが成功したとき、俺の着ぐるみショーは世界も認める本物、ブロードウェーで演れる日も近いんじゃないかしらの領域までできたと思え、俺は気分を良くした。

最高のスタートで二人を取り込み、次は他の男子をと思った矢先に、野ブタはある日また顔に傷をつけて登校してきた。やったのは真中と武山、そのせいで今まで笑顔で新しい仲間を歓迎していた森川と堀内が、野ブタがいじめられていたという事実を思いだし、少しひいてしまったのを感じた。早急に何らかの対処が必要だとプロデューサーの俺は思った。せっかく築いた礎を失うわけにはいかない。予定していた他のクラスの男の取り込みは後回し、次に取り込むのはいじめっ子二人となった。

俺は一限目が終わると速やかに野ブタを屋上に呼び出し、緊急ミーティングを開いた。目の横辺りにあるスリ傷と唇の隅に黒く固まった血が痛々しかった。

「またあいつらにやられたの？」

野ブタは情けなく笑って、うなずいた。へへ、という諦めにも似た笑いだった。

「あいつらなんて？」

そう訊いて、来る前に売店で買ったいちごオ・レをちゅううと吸った。

「……調子乗んなって」

「いじめっ子使用頻度ナンバーワンのセリフだな」

ちなみに二位はおまえキモイんだよ、だ。

「おまえあいつらにケンカで勝てないか？」

とても無理です、と首を盛んに振る野ブタ。実際、やれば勝てるだろうと俺は思った。図体のデカさは有利なはずだし、こいつ体育の授業なんかで見ていても力あるし、運動オンチなんかではない。どちらかと言うと「出来るデブ」だ。ただこの弱気な性格がどうにも邪魔するのだろう。闘争本能のない人間は被害妄想の心配性が多く、やったらやり返されるという考えが先に浮かんでしまうのでどうしても手が出ない。真中と武山はなんちゃって不良だ。一匹狼、無鉄砲の前田君とは違い、弱い奴にしかケンカを売らない。そういうヘタレな奴らは噛みつかれるとすぐにシュンと小さくなってしまうから、殴ってしまうのが一番良い方法なのだが。

「じゃあしょうがない。ヘコヘコしよう」

「ヘコヘコ？」

いちごオ・レがズズッと底をついたので、俺はその紙パックを力を込めて折りたたみながら説明を始めた。

「この問題……関係なしに、（いちごオ・レは思ったより小さくまとまった）おまえがこれから向かうところは、いじめられキャラというポジションだ。完全無視の存在からみんなにヘコヘコ、自分をバカにすることで得る笑いと常に下手に出る態度で皆に優越感を与える存在へとなってもらう。目的は認知度の上昇だな。それに今回のことを考えてもう一つ目的を加える。敵の除去だ。真中と武山には他の奴ら以上にさらにヘコヘコしよう。もう最初は下僕にでもなった方がいい」

「ええと?」

野ブタは俺が戦略的なことをいろいろ言ったので頭がこんがらがっているようで、頭をつかんで、もう四日も便が出ていませんという顔をしていた。

「ぬあぁ！　難しいことはわかんなくていい。とりあえず下僕になれ」

俺は簡潔に言った。これでもわからなかったら次はブタ語で話さなくては。えと……ぶぶぶぅぶひ……違う、ぶびぶ……ぶぅぶぶ……違うな。ぶひ……。

「……で、でも下僕ってなに……したらいいんスかね?」

良かった、通じてた。

「あいつらが望むことをやりゃいいんだよ。パン買って来いって言われたら買ってくる、金貸してくれって言われたら貸す、脱げと言われりゃ脱ぐ。鳴けと言われたらブーだ」

裸に自信がないのか野ブタは黙り込んでしまった。やはり乳首の周りの毛を気にしているのだろうか。

「……うーんなんか他に……方法ないッスかぁ……?　このまま、俺別にあいつらにはいじめられたままでいいッスから！　このまま人気者に！」

　訴える野ブタに俺は溜息を吐くと、管理用務員さんが一ヶ月に一度しか回収しに来ないゴミ箱に小さくまとまったいちごオ・レのパックを投げ入れた。

「あのなぁ、おまえ堀内と森川が今日おまえを見てひいたのがわかんなかったのか？　誰も実際にイジメ受けてる奴と友達になんかなりたくねぇんだよ。そういう、その、唇とかのリアルな傷は人間を一瞬で真面目にするからな。まぁ殴るのは見えないところだけにしてくれって頼み込んで傷がなくなっても今まで無視されてきたおまえが、クラスでいじめられキャラではあるにせよチヤホヤされるようになったら、真中と武山はおもしろくない、って今より酷くおまえをいじめるだろうし。ヘコヘコするなんて逃げてるみたいなやり方だけどな、楽しい毎日を過ごすのに一番大事なのはなによりも敵を作らないことだ。その次は安定した友達関係。最後に他のどうでもいい奴との交流。わかった？」

「えぇ……う〜ん、言ってることはすごくわかるんスけど……それしかないッスかぁ？」

　いつからおまえはプロデューサーの方針に物言える身分になったんだ。まぁ……しょうがないか。誰でも「下僕になれ」なんて言われたらためらうか。

「他にあるとすれば……」

「はいっ！」

俺が別案の臭いを漂わせると野ブタの顔がパッと明るくなった。

「アイツら不良どもも頭が上がらない前田君にケンカで勝つ、か、仲良しになる。……その可能性を既に潰した野ブタ君ですが」

「あぁ……そうッスね……。あの人は今はちょっと……」

「あとは……アイツらのどちらかの家に盗聴器か隠しカメラをしかけて弱みを握るとか。……それから……どこかの不良に金を払ってボコボコにしてもらうとか。とにかく退学させるとか。あらゆる物にこっそり下剤を盛りまくってトイレから出さないとか。丑の刻参りするとか。……まだ言おうか？」

どれもメチャクチャな俺の別案に野ブタは肩を落とすと、

「……いや……いいです。法に触れてそうだし……」

と言って承諾してくれたようだった。もちろん俺が「野ブタに手ぇ出したら許さないぞ」と二人をシメる手もあるのだが、それはなんだか気持ちの悪い誤解を招くし、だいたいプロデューサーが直接手を下しては、育っていく感が失われてしまう。それ以前に俺も余計な恨みを買いたくない。

「ツライのは今だけだ。後で必ず挽回する、俺を信じなさい」

そう言う俺に野ブタは「はいっ。ワガママ言ってすいませんでした」と頭を下げた。

俺たちのやり取りを見ていたのか、野ブタが頭を下げると同時にチャイムが鳴り、野ブタは「やばい」とあわてながら走り出した。こないだと同じ、俺には声もかけない。けれど下僕を受け入れる野ブタの背中は何故か逞しく思えた。

二限目が始まり、俺は問題も解決、授業はダルイし、前の席の女のみつあみでも数えるかと思うとハッと大事なことに気付いてしまった。

きっかけは？　いきなり下僕にならせて下さいなんてお願いしたら、そっちの気があると思われるかもしれない。なにしろ申し出るのはあの野ブタだ。気持ち悪さを感じてしまうのは否めないだろう。だいたいいじめられていた奴が急にそれを受け入れると、いじめていた方は結構「なんで嫌がらないんだ」と逆に怒り出したりすることが多い。ヤバイ。くそっ。野ブタが殴られるのは構わないが、せっかくやる気になってきた俺のプロデュース業をこんな序盤で失うわけにはいかない。どうする。どうする。やっぱり下剤を盛るしか……いやモノは試しだ。とりあえず軽めにやってみよう。あいつらバカだし、もしかしたらうまく乗っかってくれるかもしれない。俺は薄い期待を胸にみつあみを数え始めた。

風は、追い風。みつあみの輪は、十八個。時代は俺に味方している。もしかしたら、は見事に的中し、その日の昼休み、野ブタは二人にいつものように昼飯代をせびられたが、俺がふき込んだ通り笑顔で「ブタにおまかせください！　買ってきます！　なにしますか？」と腰の低い下僕ぶりを見せると、単純な真中と武山は笑ってヤキソバパンとツナサンドを偉そうにオーダーしたらしい。バカって素晴らしい！

暴力を伴ったイジメは召使いになり下がることで解決し、野ブタはしょっちゅう二人のパンを買いに売店に走った。坊主が幸いして気持ち悪いイメージは払拭されているようで、かわいい下僕として真中も武山も愛用してくれているようだった。ときには三人で帰ることさえあるようで、野ブタは「タバコって肺に入れるって初めて知ったッス」と不良との付き合いの中での新しい発見を報告してくれるなど、順調に壁を溶かしつつあった。堀内も森川もイジメさえなければなんの躊躇もなく野ブタに接してくれるようで、以前俺が築き上げた四人での会話は復活、計四人の取り込みを軌道に乗せることが出来た。それもこれも野ブタが性格を嫌われてイジメを受けていたわけではなく、もっと表面上の見た目やその挙動不審ぶりを気持ち悪がられてのものだったのが幸いした。人間、中身を嫌われるとどうしようもないもので、他人からこういうところがいけないから直せと言われたところでまず直るものでもない。その点野ブタは臆病だが控えめで優しい奴なので、本当にそれは助かった。

年が明け、新学期。引き続きいじめられキャラの浸透は俺が率先して行い、森川、堀内もそんなふうに扱っていいのならと喜んで俺についてきてくれた。具体的にはとにかく話のオチに野ブタを使ったり、理不尽なゲームで野ブタを負かし、罰ゲームを無理やりやらせたりして笑いの中心を野ブタに集めていった。真中と武山はそんなに特別俺たちと仲良くなかったが、野ブタという共通の遊びをネタに絡むようになってきて、ときどきそういった笑いやゲームに加わってくれたり、相変わらずパシリに使ったりしてくれ、自分たちを含む四人の取り込みを徐々に確実なものにしてくれた。次の標的であるクラスの男子たちも俺たちと仲が良いもの順に、それなりに興味を示して野ブタに絡んできてくれてはいたが、どうもまだ恐る恐るな印象を受け、やはりこれはなにかデカイのをかます必要があると俺は思った。

「題して……股裂けビリビリ作戦！」

俺はフルーツオ・レをストローでじゅっと吸うと、野ブタにそう言い放った。

緊急ミーティングはやはりクソ寒い屋上で開かれていた。二月の寒さはチャンピオンだが、寒くてもコールドドリンクを飲みたくなるのは、チャンピオンに対するある種の小さな反抗だったりする。

「……もう一回説明してもらえますか？」

野ブタは不安そうな顔で俺にお願いした。

「やっぱり恥ずかしいか？」

「は、恥ずかしいっていうか、その、それなんのために？」

「記憶に残る笑いのためだ」

俺はかっこいいセリフだと思った。

「記憶に……残る笑い？」

「そ。そういやアイツあんな恥ずかしいことあったよなーって思い出すことによって得られる笑いは何回も使える上、非常に効果が高い。みんなが同じ映像を共有することで生まれる結束みたいなものもある。これからはそれを意図的に増やしていこうと思う」

「はぁ」

野ブタには毎回納得いくまで説明が必要なようだ。俺は野ブタの顔が明るくなるまで頑張ることにした。

「ミュージシャンとかでよくあるだろ？　あのＣＤでガーンときたよねっていうやつ。それと一緒だよ。記憶に残る笑い、今回はその記念すべき一発目だ。さっきも言ったけど太い奴専売特許の股裂けビリビリをやってもらう」

股裂けビリビリ大作戦は名前の通り至ってシンプルで、普段ムチムチのズボンを穿く野ブタのケツの部分が、足を無理に開くことによって加わる負荷でズボンの伸縮性の限界をぶち破り、ビリリッとパンツが見えてしまいアッハッハという内容のモノだ。もちろんそんな簡単に破れる我が校の制服冬ズボンではないので、あらかじめ破ったあと、軽く糸で繋ぎ合わせ、ちょっと股を開けば破れる仕組みにする。ここに恥ずかしいフリの演技をプラスすれば、完璧だろう。

楽しい企画を思いついたと満面の笑顔の俺とは違い、野ブタは少しうなだれていた。わからなくもない。ただでさえいじめられキャラを引き受けているのに、今度は公衆の面前でパンツをさらせなど言ってくるプロデューサーには正直うんざりだろう。確かにこのままのんびりやれば、卒業までにはそれなりのクラスでのポジションを得られるのだ。自分で言うのもなんだが、クラス、いや学年でも中心人物の俺と森川、堀内と一緒にいることで得られるツテはかなりある。けれど俺は、俺の力量を試すためにも野ブタにどうしてもスピード出世してほしかった。それなりのポジションなんて甘いところで留まらせるわけにはいかない、今は相手にしてくれない女だっていつか必ず取り込んでみせる、ゆくゆくは彼女の一人や二人……なんていう果てしない計画を立てるほど、プロデュース業にハマりつつあった。

「なぁ野ブタ、今ツライのはわかる。でも段階を踏まなきゃ、急には人気者にはなれないんだよ。わかるだろ?」

野ブタはそれなら人気者にならなくったっていい、俺この世界辞めます、と今にも言い出しそうな辛そうな顔だ。くそっ、勝手なブタめ。おまえはオーディション受かった顔良し、歌良し、キャラ良しの才能ある原石なんかじゃねぇんだよ！　ない魅力を無理やり創り出してんだ、ちょっとは俺の方針に協力しろ！

俺はフルーツオ・レを飲み干しパックを握りつぶした。少し残っていた中身がピュッと飛びだし、俺の右手を汚した。

「修二さん……俺……ホントに人気者になれますか？　だって俺……今までずっと友だちいなかったんスよ？　どこ行っても無視されてたし、なにもしてないのにいじめられたり、俺……」

グチグチブーブーまったくおまえは……プロデュースされんのに素質なんていらないんだよ。ないからするんだろ。わかってねぇ……ってコイツに説明しても無駄か。とりあえず今はこれだ。

「俺は友だちじゃないのか？」

汚い手だ。でも乗り切るにはこれしかない。

「修二さん……」

言葉というのは真実じゃなくても、そんな気持ちは一切持ち合わせていなくても、表情と声質で相手を騙し、貫く。

「俺だけじゃない、森川も堀内も、ムカツクかもしれないけど真中や武山だっておまえの存在を認めて、喋って、時間を共有してる。それは友だち以外のなんだ？　確かにその分の代償をおまえは払ってる。頭刈られて、金使わされて、オチにも使われる毎日だ。俺を恨んだ日だってあるだろ？」

「いえ！　そんな……」

野ブタに図星のような顔が覗いた。

「あるだろ、そりゃ。恨まれてもおかしくない。でもな、俺はおまえに自分の人生の可能性を見過ごしてほしくないんだよ。誰からも無視されてスポットライトを全く浴びることのない人生？　あり得ないね。運命だとか、良い星の下に生まれるとか、そんなもんはクソッタレでどうにでもなることを知ってほしいんだよ。誰だって主役になれるんだ。人生はみんなが主役ですなんて慰めの意味の主役じゃないぞ、ホントの主役になれるんだ」

スターにしきののような！　と続いて言葉が浮かんだが、今俺はなかなかの名言を吐いた気がして口を噤んだ。

最後を噤んだのが良かったのか、野ブタは俺の言葉にうるうるしていて、わかりやすいほど気持ちを動かされていた。

「……修二さん、俺、ついてきます、ずっと。修二さん信じて、なんでもやります！

俺を……俺を人気者にしてください！」

「まかせとけ」

俺もうっすら涙ぐむフリを見せた今の演技は九十五点で、感動のプロデューサーとタレントの杯の交わし合いは悩んでいた野ブタの心を強く、強く支えた。

二限目をまるまる使って考えた末、作戦決行の場はやっぱりクラス全員が必然的に集まる授業中がいいだろうと俺は思った。野ブタを教壇の前に立たせてズボンを破る。そんな破天荒なことを違和感なく行えるのは……前に出て計算式を解く、数学の授業だ。難しい数式を解くときは、途中の式を書いていくうちに自然と黒板の下の方に書くことになる。そこが足を広げるチャンスだ。気を付けなければいけないのは、数学の授業は普段誰も手を挙げないので、挙手して前に出ると、あらかじめ狙っていたと気付かれる可能性がごくわずかながらある。まぁ誰もわざと自分のズボンを破るようなバカはいないと思っているだろうが、念には念をだ。それをカバーするために、数学の教師のくだらないこだわり、その日一番の難題を「本日のラッキーナンバー」と称し、生徒の名簿番号とその日の日付が同じ奴を当てる、というのを利用する。そのせいで四十人いる我がクラスの名簿番号三十二番以降の生徒は、全く難題が当たらないという理不尽な事態を招いているが、そんなことはたかが高二の数学を難題だと思う、頭の悪い奴の悩むことだ。野ブタの名字は小谷なので番号は小さく、十番。二月に入ったばかりの今日の三日からちょうど一週間後、十日の四限目の数学を決行の時と決めた。その日の問題が難しいかどうかも、その日野ブタが食い過ぎかなにかで欠席するかどうかもわからないし、全てが思い通りいく根拠もないが、俺は不思議と自信に満ちていた。きっと、うまくいく。波に乗っている者だけが感じられる根拠のない自信。こんなところで躓《つまず》くわけない。俺は今、ノリにのっているんだ。

決行前日、俺は自分の家に野ブタを呼び、ズボンの切開と縫合を済ませ、軽く段取りを説明した。ズボンは簡単な並縫いで縫合したにもかかわらず、見た目にもわからないぐらいの良い出来で、ほぉ俺はこんなところにも才能があるのかと自分で感心していた。あと問題があるとすれば、数式が難し過ぎて野ブタが全く解けないということぐらいだが、幸いこのブタ、出来るブタなので俺が勉強会を開くまでもなかった。俺は野ブタにあくまでも自然に破るようにすること（破れないからといって変なスクワットを繰り返したりしない）、破れた瞬間に固まること（こういうのは止まってしまう方がおもしろい）、みんなが笑ったら恥ずかしそうに尻を隠すこと（素直な反応が一番疑われない）、今日買ってきたピンクのトランクスを穿くこと（これは単に俺の好み）、以上四点を守るよう言いつけると、「じゃ明日な」と野ブタを家に帰した。

当日、四限目まで野ブタはなるべく大きな動きをしないよう、休憩時間もずっとイスに張りついたまま過ごした。俺はといえば売店に行こうだの、連れション行こうだの野ブタを動かそうとする森川たちを抑えるのに、無理やり話題を作ったりして野ブタをフォローする役割に徹し、そのときを待った。努力の結果、ついに四限目の授業の始まりを告げるチャイムが鳴り、いよいよ作戦決行の時が訪れた。

黒板に複雑な数式が書き刻まれていく。今日一番の難題だ。問題を書き終えると、ニヤッと笑った数学教師は待ってましたの一言を言った。

「えー、今日のラッキーナンバーは……十日、十番、えー……小谷。前に来て」

呼ばれましたよ、野ブタ君。後ろでギイィとゆっくりイスが引かれる音がすると、俺の横を通って野ブタが小股で教壇へと歩き出した。

よし！　行け野ブタ！

俺の心の声援を背中に受けた野ブタは、歩き方が不自然でまるで醜いペンギンのようだ。しかしズボンはペンギン歩きのおかげか、教壇まで破れずに済んだ。教壇に上がった野ブタはいよいよチョークを手に取ると問題の前でしばし停止し、答えを出すための数式を書き始めた。記号と数字が入り混じった文字が粉を落としながら刻まれていく。二行目、イコールを書いて続ける野ブタ。偉いぞ野ブタ！　三行目。股が少しずつ開き、体勢が低くなっていく。ＧＯＧＯ！　四行目。数式が簡単になってきた。あぁ！　くそっ早く！　破れろよ！　五行……びりりぃ。あああ！　こんにちはピンクのトランクスさ……ぶりっ。に、二連撃!?

股びりりと予想外の放屁に一瞬時が止まり、すぐに教室を爆笑の渦が飲み込んだ。ダハハハハハハハ!!　そんなとっておきを隠し持っていたとは！　俺は野ブタのスーパープレイに賞賛の笑いを送った。放屁のせいもあってか、ものすごく恥ずかしそうにケツを隠す野ブタは今まさに記憶に残る笑いを見せた。あんなに軽蔑の目を向けていた女たちでさえ笑う笑う。これこそ奇跡だ。これこそ奇跡だ！

みんなの笑い声を一身で受ける野ブタは、ケツを押さえながら問題を解ききり、止まない笑い声の中、席に戻った。俺は振りかえって野ブタを見ると肩をバシバシ叩いて笑った。野ブタは真っ赤な顔をしていたが、その目にはどこかやり遂げた感があった。そうだ。おまえはやったんだ。いや、やっちゃったんだ。

プロデューサーもびっくりの必殺技びりりぶりアタックを決めた野ブタは、クラス全員にその後の昼休みをそれだけでまるまる潰せる程のこの上ないおかずをプレゼントし、おかげでマリ子の待つあの教室へ行く間にあちこちで野ブタの名前を聞いた。当の野ブタは体育のジャージに着替え、ブレザーにジャージというおもらししたのかと疑われるような妙な組み合わせで森川たちと食堂に行ったらしい。

マリ子と俺の食卓にも野ブタの話題が上っていた。もちろん俺は首謀者なのだが、俺もクラスの一員として、みんなと同じ話題を上げて笑わねばならない。たとえマリ子の口が固かろうと、俺の秘密のお仕事を知られるわけにはいかないのだ。

「あのブタめ……あんなネタを隠し持ってるとは思いもしなかったな」

そう言って俺は小松菜のおひたしを口に入れた。

「ネタって（笑）。狙ってやったわけじゃないでしょ」

「いや、案外狙ってたかもよ。わざとこうズボン切ったりとかして」

まぁ、俺が切ったんですけどね。

「そんな……小谷君、真っ赤になってたじゃない。……あんまり笑ったらかわいそうだよ」

「笑えるときに笑っとかなきゃ。健康にもいいぞ。でもさ、マリ子も笑って」

ふっとマリ子の目が俺から離れ、教室の奥にある引き戸を振りかえった。「どした？」と俺が訊くと「なにかガタッて音がしたから」と言って向き直り「ごめん、話止めちゃった」と謝った。

「いっつも誰も来ないじゃん。野ブタぐらいだろ、たまーに来るの」

そう言う俺にマリ子は、

「うん……小谷君はたまに……来るよね」

と俯《うつむ》いて言った。

なんだその引っかかる言い方は。

「小谷君には来てほしくないわけ？」

俺は緑のバランを箸でつまんで弁当箱の蓋の上に除けながら、トゲのないように訊いた。

「そういうわけじゃ……ない、けど……」

まただ。またあの目だ。俺を自分一人のモノのように見つめる女の目だ。なんだよ。二人の時間を邪魔されたくないってか？　重いんだよ、そんなの。

「じゃあブタお断りって紙に書いて戸に貼っとく？」

「ちょっと（笑）……言い過ぎだって」

創り出された笑い声が静かな教室に響く。俺たちの関係がまた意図した笑いによって、薄っぺらくあやふやにされた。もちろん無理にあやふやにしなくても、突っぱねることだってできる。俺たちは付き合ってない、おまえは俺のなんなんだとキツイことを言えば、こうやって女の目にうんざりすることもない。でもそれじゃあ何もかも失う。マリ子も、弁当も、この時間もなにもかもだ。ストーブと同じだ。近過ぎたら熱いし、離れすぎたら寒い。丁度良いぬくいところ。そこにいたいと思うのはそんなに悪いことか？

当初はクラスの男たちの野ブタに対する壁を取っ払うためのビリビリ大作戦だったが、いつの間にやら俺の中で「記憶に残る笑い」をつくるためになり、最後にはもうとにかく思いついたことをやってみたい、股裂けさせたい笑いたいという、自分勝手な欲望が抑えきれなかったとはいえ、森川と堀内はますます野ブタを気に入り、「口からもケツからもブーブー言う」などと野ブタをからかって仲良くしてくれている。真中も武山も取り込んだ今、あんなふうに目立っても、もう誰もおもしろくないと思う輩はいないため、プロデュースはとりあえずマイナス面なしの成功を収めたようだ。

笑わせてもらったお礼に俺は、比較的俺たちと仲の良いクラスの男に招集をかけ、野ブタを交えて遊びましょ大会を企画した。大会に花を添えるため、ダメ元で美咲を誘うとすんなりOKをもらい、いざ集まってみれば、声をかけたクラスの男四人と、呼んでないけれどその繋がりで来た男が一人、美咲と、またセットで来た佳苗が連れてきたクラスの女二人に森川、堀内、野ブタ、俺という十三人にもなる大所帯になっていた。驚いたことに、待ち合わせ場所に来るなり男はもちろん女までもが「野ブタだぁ！」と嬉しそうに絡んでいき、びっくりした野ブタのおどおどぶりも、以前とはうって変わってウケまくっていた。

なにかが確実に変わっていた。俺は今まで自分がしてきたことに確かな手応えを感じ、「んじゃ行きますか！」とみんなに声をかけるとドでかいボウリングのピンが生えた建物の中に入っていった。

ガッコーン！　しゃああ！　スペアぁぁぁ！

隣のレーンで堀内がハイタッチをみんなに求めている。あいつはなにをやっても一人テンションが高い。さすが凄腕斬りこみ隊長、ジャンジャンやってくださいよ。俺の隣では酒が入って言い寄ってくる森川をあしらっている美咲が俺に助けてと目で訴えていた。そしてそんなことよりも俺は向かいに座る野ブタが、照れながら隣の女と仲良く喋っているのにクギづけだった。素晴らしい！　野ブタ！　おまえ今女の子とお喋りしてるぞ！　俺は自分のスコアにも、プロデューサーとしての功績にも満足していた。

「修ちゃん！」

やりすぎの森川に耐えきれなくなった美咲が俺を呼んだ。森川よ　だから彼女が　できんのだ。瞬時に一句詠める俺はまさに絶好調。「修二さん投球してください」とテロップが流れ、俺は立ち上がると美咲を俺の席に寄せ、森川を小突いた。森川はのけぞりながらヘラヘラ笑って反対側の女にもたれかかった。笑っとけ　野ブタに彼女が　できるまで。絶好調！　十二ポンドのボールに指を突っ込みピンを睨む。あんな置物、俺の敵ではない。俺は体勢を低くしながら助走を始めた。今に野ブタはトップスターになるぞ！　俺のプロデュースをなめんなつんくぅぅ!!

ガッコォーン!!

騒ぎに騒いで俺たちはそのままファミレスに雪崩れ込んだ。みんなが注文を済ませると、俺は隣に座る野ブタに足で合図を送り、途中バレないように買ったサンドイッチをリュックから取り出させ、「とても待てないッスよ」とセリフつきでかぶりつかせた。「野ブタ君サイコー！」と女が笑い、小技でもポイントを稼ぐ。このままいけば帰る頃にはこいつら全員取り込めるだろう。たくさんお持ち帰りバッグが必要だ。

「野ブタさぁ、ホント変わったよな」

俺はみんなに早速話題を振ってみた。すると、黒のミニスカートを穿いたハリキリ女が、

「あたし最初クラスに来たとき悪いけどさ、ゴメンね野ブタ君、正直ムリって思ったの」

と、俺の話に乗っかってくれた。

「最初ワカメヘアーだったよな？（笑）」

堀内が笑いながら言う。

「坊主の方が絶対いいよ。今すごいかわいいもん。それにパンツもかわいいピンクの穿いてるもんねー」

寒いのに胸元のばっくり開いた服を着たハリキリ女その二が首を傾け「ねー」と野ブタに同意を求めたので、俺は「あれはパンツじゃなくて皮膚だよなぁ野ブタ?」と言って同じように「ねー」とかわいく首を傾けた。

「パンツっスよぉ!」

「あんな鮮やかなピンクのブタはいねぇよ(笑)」

野ブタのリアクションと堀内のツッコミにみんなが笑った。

「あのときすっごい真っ赤になってたよね? ズボン破れるって……ちょっと痩せた方がいいんじゃないの?」

「ズボンはともかく屁はないよなぁ(笑)。あれはもう笑いの神様降りてきてたね」

野ブタの笑いを絶賛する堀内に続いて俺も言ってやった。

「どっちのブーかわかんなかったもんな。鳴いたか? と思ったもん」

「ハハハハハハハ!」

嫌悪感先行の蔑みの笑いと、バカにしても根元に愛のある笑いの違いは大きい。わかりやすく言えば「あいつキモイよな」と「おまえキモイよな」では全然意味が違うということだ。面と向かってバカにできるということは、ある程度の愛がなければできない行為であり、相手を本気で傷つけようという気持ちは含まれていない。これは確実に、この野ブタのいじめられキャラがクラスの中で定着し始めていることを意味していた。

流れに乗って野ブタ＝いじめられキャラの等式を、時間をかけて確実にクラス全員に浸透させる。そうすると同時にそれは他のクラスにも漏れ込むだろう。学年全体に野ブタの存在＋いじめられキャラのポジションを知らしめ、マスコット的な存在に仕立て上げることで絶対的な安心感を与える。次の段階へ行くのはそれが終わってからだ。

食事と会話が一段落し、デザートタイムとなった。気が付けば喋っているうちにずいぶん周りの客が変わったり減ったりしていた。楽しいわけでもないが、女が一緒にいると時間が速く感じるのは気のせいだろうか。

「ね、ね、野ブタ君さぁ、好きな人とかいないの？」
「あ、それ聞きたぁい！」

こういう女はこのままオバサンになるのだろうと俺は思った。しかし俺もそれ聞きたい。

「種族を超えて牛とか？　ダメだよちゃんと同じ種族で交尾しなきゃ」
「森川うるさい！　真面目に訊いてるの！」

ハリキリ女に怒られた森川は見るからにしゅんと落ち込んだ。
「ね、いないの？」
詰め寄る女に野ブタがうろたえている。女の顔が大接近だ。

「え？　あの……いや……いますけど……あの」

おぉいるのかぁ。

「え！　いるの？　誰？　誰？　同じクラス？」

よし、言え。俺のプロデュースでそいつとくっ付けてやるぞ。

「いや、あの、ここではちょっと……言えないッス」

「どこなら言うんだよ！　誰も言わないよ。だから言えって」

野ブタがどんどん小さくなっていく。

「絶対言わなぁい。みんな誓うよね？」

うんうんとうなずく野次馬団体。こいつら絶対言う。ミカンを丸ごと一個口に詰めこんでも言う。

「誓うって言われても……その……そういうのじゃなくて」

何故か俺をチラチラ見てくる野ブタ。なんだよ。そんなのプロデューサーの指示を待つなよ。そこは言えよ。おまえの好みだろーが。

「修二さん、怒らないでくださいよ？」

「へ？　なんで俺が怒んの？」

バカ野ブタ！　怪しい発言すんなよ！　とっとと言えよ！

「……す、鈴原さんッス」

マリ子？

「えぇえ！　マリ子ぉ!?」

みんなの注目が一気に俺に集まる。

「……ってことはマリ子もブタってことぉ!?」

「違うっつーの（笑）」

とっさのリアクションでみんなが笑い、俺はなんとか自分を崩すことなくいられた。

「マリ子かぁ。まぁ確かにかわいいけど修二の彼女じゃねぇ……」

野ブタがマリ子を？

「学年の男子みんな諦めたもんな。マリ子ちゃん一年のときメチャクチャ人気あったのにさ」

そういや弁当食ってるときそんな感じがあったような……。

「俺も好きだったぁ……それをこいつが！　バカ修二！」

この恋を俺はプロデュースするのか？

「毎日昼休みマリ子手作りの弁当二人で食べてるらしいじゃん。甘い甘い」

俺はとりあえず頭をぽりぽり掻きながら「えへへ」と恥ずかしそうに笑ってみせた。

この恋どうする？

高校二年生も残すところあと一ヶ月半となり、着々と野ブタのいじめられキャラは浸透していった。壁だと思っていたクラスの女たちも、一緒に遊びに行った美咲たちを中心に徐々に警戒心を解きはじめ、そのうちなんと、あんなに嫌がっていた奈美までが「野ブタ君おはよー」と朝の挨拶をするほどになっていた。最近では俺と野ブタで歩いていると、みんなが野ブタに先に絡んでくるほどの人気ぶりで、三ヶ月前一度は存在を消された少年は、見事に大変身を遂げたようだった。俺はできる限り野ブタの会話の補佐にまわり、野ブタのいる空間に笑いを起こし続けた。いじめられキャラとして野ブタをオチに使う笑いは、人を楽しいと勘違いさせ、同時に全ての人間に安心感と優越感を与え、野ブタはいよいよ学年中にその名を轟かせ始めた。

野ブタがマリ子のことを好きだということも同じように学年中に轟いていた。たしかあの次の日にはもうクラス中が知っていたように思う。もちろんそれはマリ子の耳に入っていると思うのだが、恥ずかしいのか全く野ブタの話題に触れないので、俺はそのあたりのことを一度マリ子に訊いてみたいと思っていた。

テスト前日だというのに奈美と遅くまでメールをやっていたため、俺は翌朝しっかり寝坊し、やや遅刻気味で髪もセットせずに家を飛び出したが、学校手前ではきちっと息を整えて入室、見事に時間内着席を決めていた。テストのときに遅刻すると、ヘタすりゃ受けられないなんてことがあるので、ともかく無事こうやってテスト直前におこなわれる、問題の出し合いや「ヤバイ」「無理」「私、勉強してないから」の保険の掛け合いにも参加することができて良かったと言えるだろう。いっつも五分遅れのおっさんも今日はさすがに時間通りにテストの入った黄土色のＡ４サイズの封筒を抱えて到着、名簿順に着席して一限目の数学のテストが始まった。

鉛筆が止まることはなく、俺は淡々と問題を解いていった。どれもこれもプロデュースに比べれば簡単で、歯応えのないものばかりだった。

……くだらない。こんな紙切れ一枚に俺の力を注ぐなんて。やはり俺は生身の人間が相手じゃないとやる気がでない。俺にはやるべき仕事がある。こんなモノに付き合っている暇はないのだ。

俺は最後の解答を書き込むと鉛筆を置いて溜息を一つ、目を閉じた。

先生解けました。見直しはしないけど九十点はカタイのでもういいです。

十五分を余して解答欄を埋めた俺はとりあえず眠ることにした。この汚い机に直接顔をつけるのは気が引けたので、額を右腕に乗せて寝る体勢をつくると腕の隙間から斜め後ろに座るマリ子の足が見えた。控えめのルーズソックスと黒のローファーで包んだ白くて細すぎないキレイな、おみ足。急にズズッとその足先のローファーが動いて右、左、

右、左、と小さなリズムをとった。退屈しているのか。マリ子ももう終わったのだろうか。たしかマリ子も勉強はかなりできる子だ。暇だし、なんか信号を送ってみよう。

左手をすっと右太ももの上に移動させると俺は小さく手を振ってみた。するとリズムをとっていたローファーがピタッと止まって、器用に左のローファーだけが左右に振れた。俺は思わずニヤけてしまったが、すぐに自己嫌悪になって強く目を閉じた。

なにしてんだ俺は。こんな秘密のやり取りして！

終了のベルが鳴って、いっせいに悲鳴やら、うるさいおしゃべりやらが響いて、俺はそのムナクソ悪い目覚ましに顔をしかめた。テストの問題用紙をまとめて折りたたみ、首の骨をコキコキいわせながら立ちあがった。気分転換が必要だった。このままここに残れば、きっとさっきのくだらないお遊びのことを引きずりそうだ。俺は後ろを振りかえらずに教室を出ていった。

屋上はいつもより風の音が大きかった。最近はこの穴場スポットもなにかの情報誌で取り上げられたのか、カップルや身の程をわかっていない一年坊主が俺より先に来ていることもあったが、今日は人っ子一人いない。当たり前か。テストの休み時間なんてみんな最後のあがきで必死だ。

冬の空は他の季節より狭く感じる。雲が形を変えながら流れていった。

マリ子のことが好きなのかどうか俺にはよくわからない。今までずっと、マリ子と付き合っていることを羨まれるのが心地良いからそうしていた。ステータスとしての恋人というヤツだ。それが悪いことだというのはなんとなくわかる気もする。それよりもまず、女を「好き」という気持ちがどういうモノなのか俺にはよくわからない。さっきみたいにニヤけることが好きなのか。一緒にいても飽きないことが好きなのか。股間が膨らむことも好きのうちなのだろうか。

このままがいい。俺はそう思った。このままの関係が続けばなにも失わない。深入りして傷つくのも、遠ざかって失うのもイヤだ。俺をこれ以上知られても、忘れられてもイヤだ。決断を迫られているわけでもないんだ。だからこのままでいい。このままでいいんだ。

テストが終わって堀内たちと雑談を交わした後、階段を下りると、玄関で女友だちと喋っているマリ子に鉢合わせした。マリ子は驚きもせず、最初からこうなることを知っていたみたいに穏やかな顔で「帰るの？」と俺に訊いた。「うん」と顔も見ず返事すると、マリ子と喋っていた女が「じゃ私はこれで。また明日ね」と余計な気遣いをして階段を上がっていったため、二人きりになってしまった。いつもと同じ、透明感のあるキレイな目で俺を見るマリ子に自分が乱れているのが、わかった。

くそっ。

脱げかけた頭の着ぐるみを両手で無理やり押さえつけると、首の隙間から入ってきていた外の光はほとんど遮断され、なんとか暗闇が戻った。

「マリ子ちゃんはお帰りですか?」

「うん」

「やった!　一緒に帰ろ」

「……うん」

「実はずーっとそこで隠れて待ってたの、そこの階段の角で。マリ子来ないかなぁって。心臓バックンバックンいわせながら。マリ子が来たときはホント心臓が鼻から出そうだった。口通過して鼻から出そうだった。ホラ、ちょっと管みたいなの出てるだろ?」

鼻を指差して見せる俺をマリ子は笑ってくれたけど、それはいつもの笑顔じゃないような気がした。

校舎の外がなんだか暗くて、少し首を傾けて空を覗き込みながら校舎を出た。やや黒みがかった灰色の雲が空を一段低くしていた。

「雲行きが怪しい」

俺は空をしかめっ面で睨んでやった。

「雨降るのかな……？」

　マリ子が心配そうな顔で言った。

「犬のフンは各自で持ちかえりましょう」と書かれた汚れた看板を越えて、大きな市営グラウンドに入っていく。マリ子の家はちょうどこのグラウンドを挟んだ向こう側の方にあるので、ここを斜めに突っ切るほうが少しだけ近道になる。休日には、ぶてっとしたおっさんたちが脂と汗を飛び散らせて草野球をしているこのグラウンドは、野球の試合が二試合できる程広い。金網のバックネットがあり、かなり小さいながらも一応屋根つきのベンチなんかも設置されている。攻撃中はここに何人もの汗臭いおっさんが詰まっているかと思うと、今は誰もいなくてもなんだか臭そうだ。普段、日の光を受けたグラウンドは、白く鮮やかでちょっと眩しいくらいだが、今はどんより分厚い雲が、砂の地面を薄い青に染めていた。

「なぁ、野ブタの話知ってんだろ？」

「え……うん」

　俺は曖昧に言ったがマリ子には通じたらしい。

「嫌いなの？」

「そんな……全然嫌いじゃないけど、野ブタ君最近明るくなったし。なんて言うか……

嫌いじゃないけど……私は……」

会話がヤバイ方向に転がりだしたので、俺が「雨の匂いがする……」と今にも降り出しそうな空を見上げて言うと、思惑通りマリ子は「あ……ホントだね」と気をとられてくれた。言っている間に大粒の雨が俺の脳天をヒットして、続く第二撃がブレザーについた左腕のボタン近くに当たって染み込んで、また一撃、また、また、ババババ……と集中連打を浴びせ始めた。

「きゃー！」

おどけて言いながら俺はマリ子の腕を掴むと走りだし、ちょっと気が引けたが、グラウンドに備え付けられたあの屋根付きベンチに逃げ込んだ。

「びしょびしょ」

「いきなり、だったね……」

マリ子は言いながらブレザーのポケットを探ってハンカチを取り出した。薄い青のラインが入った白いハンカチ。

「はい」

「いいよ、先使えよ」

「え、いいよ、使って」

終わらなさそうな遠慮のし合いだ。会話は常に流れさせなければいけない。

「大丈夫。俺、頭にティッシュ乗せとくから。吸い取るだろ、水」

俺はポケットからポケットティッシュを取り出し、一枚引っ張り出すと頭に乗せ、ハンカチを持つマリ子の手をマリ子のおでこにくっつけた。マリ子は俺を見て少し笑うと、ついに折れたようで「じゃあすぐ拭くから」とベンチに座って濡れた髪を拭き始めた。どしゃ降る雨が地面を叩きつけていた。もの凄い勢いでグラウンドの土を飛び跳ねさせて、もう既にいくつかの水たまりをつくっていた。コンクリートの屋根からはチビチビ小さな滝が流れていて、流れ落ちた水が下のコンクリートに当たって、ビチビチと音を立てている。

「修二」

振り向くとマリ子があまり拭ききれていない感じでハンカチを差し出していた。また断っても埒《らち》があかないので俺はマリ子の気遣いをいただくことにして、ぐちょっとしたティッシュを頭からとり、ハンカチを受け取って顔と首を拭いた。拭き始めてふと気付く。

なんだこの状況？

マリ子は両手をベンチについてやまない雨を眺めていた。長い髪はやはりまだ濡れているようで毛先から水滴が零《こぼ》れてアスファルトの床に黒い染みをつくった。

なんだこの状況？

雨に濡れ、急に大人っぽい色気が出た感のあるマリ子の雨を見つめる表情にはなんとも言えず、哀愁があった。高校生の俺が哀愁なんてものを感じられるのかどうかは疑問だが、そう感じたのだから仕方がない。

濡れて張り付いた灰色のスカートが白い太ももをくっきりといやらしく浮かび上がらせていて、思わず俺は目が止まってしまった。


下が膨らむことと好きだという気持ちは同じなのか？


俺の視線に気付いたマリ子は雨を指差し「止みそうにないね」と呆れて笑った。マリ子のつけるやわらかな香水の香りが小さなベンチに広がって、いつもは気にもならないのに、それが今日は不思議と俺を揺さぶった。勢いに飲まれてしまいそうだった。どんなに強がっても、俺の体は健康な十七歳の男の体なのか。今ならマリ子とこれまで以上の関係になれてしまいそうだと思った。

「修二？　……そこ濡れるよ？　こっち来なよ」

……なんだよそれ。誘ってんのか？

無言の俺をマリ子が不思議がって、黙ったまま俺の目を覗きこむ。

「修二？」

その目だ。その目が俺の着ぐるみを剝いでしまう。

「……ねぇ、濡れるってば」

マリ子の手が俺の手に触れたのを感じた瞬間、俺はその手を振りほどいた。

「……修二？」

俺に手を振りほどかれたことにマリ子は驚いて、俺を見た。

やっぱり俺はおまえのことは好きじゃない。俺の中に入ってくんなよ。

おまえは俺のなんだ。

俺のなにをわかってくれるんだ。

わずかな首の隙間も余さずに着ぐるみの頭が今閉じきり、完全な暗闇となった。

「ごめんごめん。ボーっとしててさ、びっくりしちゃった。これありがと。洗濯して返そうか？」

俺はハンカチをぴらぴらさせて訊いた。

「……ううん……平気。拭けた？」

「お化粧が落ちるといけないからさ、あんまり拭けなかった。マスカラ落ちてない？」

目蓋を指で触る俺にマリ子は少し笑った。けれどその笑顔がさっきみたいにいつもと違ったかどうかは、もう俺にはわからなかった。

プロデュースはいよいよ最終段階に入ろうとしていた。俺はいつも通り屋上に野ブタを呼び出すと、今日は飲み物なしでミーティングを開いた。野ブタはさっきまで他のクラスの男子に昨日テレビでやっていた格闘技の試合で使われていたプロレス技をかけられていたらしく、首と腕が痛いと嘆いていた。

「どう？　どんな感じ？」

なにがッスか？　と首を擦りながら野ブタは言った。

「今のオマエだよ。人気者になったろ？」

「それは……もう。なんか今まで無視されてたとか嘘みたいに」

「で、どんな感じ？　人気者になれて良かった？」

「もちろん良かったッスよ！　女の子も最近全然普通に喋ってくれるし、男の人からも遊びにも誘ってもらえてホント楽しいし……」

「そっか。そりゃ良かった。じゃあプロデュースは終了だな？」

えっ！　と間抜けな顔をして野ブタは固まった。

「しゅ、終了ッスか？」

俺は野ブタの反応にニンマリ笑うと野ブタの気弱な目を見つめた。

「……野ブタ、この先を望むかどうかはおまえ次第だ」

「えっ俺?」

「おまえ次第!」

俺は意味もなく大きな声でそう言い、野ブタを指差した。突然指差された野ブタはびくつき、その反応を俺は楽しんだ。

「おまえも感じてるだろうけど、ここまでのプロデュースがだいぶ効いてるからこのまいじめられキャラとしていけば、残る一年は問題なくみんなに絡まれて……まぁいろんな意味でな、絡まれて、愛される楽しい毎日だろう。ま、人気ってのは波に乗ればそんなもんだ」

このサービスがこれからずっと続きますというような俺の太鼓判に野ブタの顔が少し緩んだ。

「おいこら。ブタよ。もう安泰みたいなこと言ったけど、気ぃ抜くなよ。おまえの人気はハリボテの人気なんだからな。映画のベイブだって一歩間違えればただのブタなんだから。おまえは中身ない分、落ちんの速いぞ。まっさかさまだ」

言い終わって俺はなんだかこれは自分のことを言ってるみたいな気もして話題を変える。

「そんで……もし、おまえがこれ以上を望むのなら、本物の人気者になりたいと言うのなら、手がないこともないことはない」

「へっ？　ないこともないこと……」

真剣に言葉を受け取る野ブタをからかうのは実に楽しい。

「え？……肯定ですか？」

俺は無視して説明を始める。

「おまえが今苦しんでるのは、いじめられキャラとして必然的にくらう、そういうプロレス技とかの痛い絡みと、オチに使われて笑いたくなくても笑わないといけないその立場だろ？」

わかっているのかいないのか、ただただそうなんですそうなんですと激しくうなずく野ブタ。

「それは要するにナメられてるわけだ。全員にな。まぁそうやってナメられるようにプロデュースしてきたからな。それを取っ払えたら、どうだ？」

「そんなことできるんスか!?」

屋上にブタの大声が響く。俺は不覚にもびくっとしてしまった。

「多分……できるんスよ、野ブタ君。でもこれなぁ、どう転ぶか俺にもわかんないんだ」

俺が首を傾けて苦い顔をすると野ブタは「一体なにするんスか？」と興味津々で訊いてきた。俺は野ブタをまっすぐ見つめなおすと言った。

「……ナメられる理由はおまえが逆らわないからだ。けど逆らうことは自殺行為に近い。

今まで頑張って作り上げてきたモノを全部ぶち壊すみたいなもんだ。そーこーで、もう単純に実は強いんだってとこを見せつけるんだ。普段はヘラヘラしてるブタですけど、やるときゃやりますよっていうところをさ」

「ど、どうやって見せるんスか？」

「まぁ、待てよ。これをやっちゃうとな、ヘタすりゃみんな必要以上にビビッちゃうかもしれないんだ。そんなことになったらせっかく作った円満な関係に歪みを生むことになるだろ？　一番良いのは、野ブタ実はやるじゃんって思われることだけど、そんなにうまくいくかどうか……」

　いつも自信満々に言い切る俺が決めかねているのを見て、野ブタもその禁断の果実ぶりにビビッているようだった。現状が良いだけにリスクを背負ってまでこの上を目指す必要が果たしてあるのかどうか、俺は散々考えたのだが、答えが出なかった。やってしまうのは簡単だ。ポーカーで言うのなら手札は強めのフルハウスなのに二枚切ってフォーカードにするかどうか悩んでいるようなものだ。

「……や……やりましょう！」

　野ブタがいきなり俺の手を握ったので、俺は驚いて固まってしまった。

「や、やっちゃいますぅ？」

　俺が不安そうに訊くと野ブタは眩しいほど目を輝かせて言った。

「やりましょう！　大丈夫ですよ。修二さん天才ッスもん。絶対成功しますって！」

タレントのひと押しでプロデューサーが決断することもある。そうだ。弱気になってはいけない。プロデューサーなら自分のタレントをトップスターにしないでどうする。

俺は腹をくくった。

かわいこちゃんを落とすために、お金で雇った不良くんをその女の子に絡ませ、大ピンチなところに自分が登場し、やめたまえ！　ガス！　ガス！　く、憶えてろ！　ケガはないかい？　みたいな寸劇は今でも日本のどこかで使われていそうな古典的でズルイ手だが、これが結局一番効果があるので、俺はそれを引用させて頂くことにした。どこの誰が考え出したか知らないが、こんな姑息な方法を最初に考え出した方に、騙しの先輩として俺は敬意を表した。まぁ、人気者になるためにこの手が使われるのは全国でも少ないケースだろう。

作戦に欠かせないのが、お金で一芝居してくれる見るからに悪そうな不良くんだが、プロデューサーが自腹を切るのはどうにも納得いかない上、人にお願いしますと頭を下げることはしたくないので、俺はもう路上でメンチ切るか何かして、向こうからケンカを売ってきてもらうことにした。もちろん野ブタにはお金で雇うと言ったので、計画の全容を知っているのは俺だけということになる。敵を騙すにはまず味方からとも言う。

要は、やれば勝てるのにやらない野ブタの闘争本能を呼び覚ませばいいわけなので、騙そうがなにをしようが、そんなことはさして問題ではないだろう。俺は「野ブタ実はやるじゃん」というのを目撃する証人として、森川、堀内、美咲と佳苗、そして奈美をピックアップした。今回は学校という全員が注目する場所で行われるわけではないので、噂を広げるためには、とにかく顔が広くてどこに行っても喋っている奴ら、つまり口から生まれたとされる人間たちを選ぶのが手っ取り早いので、この人選となった。美咲は決しておしゃべりではないが、奈美と共に軽そうな、男子受けの良い風貌なので、不良くんが絡む可能性を増やすためにも入れておいた。見事不良くんがメンチか女かに引っかかれば、「こいつらだ」と野ブタに合図、凄んだ後、殴るという魂胆だ。決行場所は地元でも良かったが、その不良くんといつかまた鉢合わせすると面倒なので、ここから離れた、ターゲットも多い都会の方に電車で行くことにした。野ブタにはとにかく俺の合図があり次第、凄んで殴れとだけ言っておき、俺は楽しい都会に遊びにいきませんかツアーにみんなを誘った。不良を雇っているわけではないので、日取りも特にいつでもよく、みんなの都合がたまたま合った次の週の日曜日が決行のときとなった。考えてみれば、過去これほど安上がりな作戦はない。俺の頭と口だけで敢行される今回の作戦。これこそお金のない学生ならではのプロデュースというものだ。

日曜日。待ち合わせ場所の駅前には野ブタだけがポツンと待っていた。こういうオブジェがあれば、忠犬ハチ公ならぬ忠豚野ブタとして、待ち合わせの目印には最適だろう。三月になって春はぐんぐん近づいてきている。重いコートも着なくて済むし、三年生の卒業式も無事終わって、俺たちは体も気持ちも軽くなっていた。

灰色のウインドブレイカーを纏った野ブタは俺が近づいてきていることに気付いてないようで、相変わらずなにも救えない大仏のように不安な表情で久し振りに晴れた空を見ていた。

「な～に不安な顔してんだよ」

俺が野ブタを小突くと野ブタは「いやちょっと緊張して……」と苦笑いした。

「大丈夫だって。今まで俺のプロデュースが失敗したことあるか？」

「……そうッスね。信じてます。修二さんのこと」

「おう」

いつのまにか野ブタと俺の間には奇妙な信頼関係が生まれていた。それは一風変わったタレントとプロデューサーとして、人を騙してきたという妙な連帯感から生まれたものなのかもしれない。そのせいか、適度な距離を取ろうとするのが俺の人との付き合い方なのに、野ブタとはそんな距離も意識せずに付き合うことができている。

「やっと来たな、アイツら」

森川と堀内が向こうからゆっくりと歩いてくるのが見え、こっちに気付いたのにヘアースタイルが崩れるのを恐れてか、そのままのペースで近づいてくる。堀内はいつもと変わらぬ格好だったが、森川の髪はツンツンしていて、「昨日買っただろそれ」と誰もにツッコまれるような、おニューのジャケットを着ていた。

「おいっす」

長さんの挨拶をかました森川は、甘ったるい香水の匂いがした。

「気合入り過ぎだろおまえ」

俺がしかめっ面でそう言うと、

「だって今日奈美ちゃんと美咲ちゃん来るんだろ？　マリ子ちゃんを除けば我が校の二大アイドルじゃねぇか」

と森川は意気込んで言った。

「佳苗も来るよ」

「来ませんように来ませんように来ませんように……」

「おまたせー」

森川が祈る中、美咲と奈美が春を先取りのかわいらしい格好で現れた。学校のおてんば気味の格好とは違い、デニムのスカートに女の子らしい花柄のブラウスを着込んだ奈美は、なるほど、こうして見ると確かにかわいいかもしれない。喋らなければ最高だろう。その後ろに、森川と同じく気合の入りすぎた太い女がチラついたような気もしたが、俺は奈美の変わり様に感心し続けることにした。

知らない人から見れば野ブタみたいな男がなぜこのグループに？　と疑問を持つ人も多いのだろう。このメンバーは全員魔法にかかっているが、坊主になってかわいくなったとはいえ、傍から見れば野ブタはやっぱり浮いているため、電車の中でチラチラ視線を浴びていた。もしかしたらブタがなぜ電車に？　と思っていた人もいたのかもしれない。

野ブタ以外は割とこういうところに来るので慣れていたが、野ブタは地元では見られない大きな建物や派手な遊び場所にいちいち驚いていて『ベイブ、都会へ行く』の実写版だと俺たちはからかった。

佳苗が洋服を見たいと言い出したので、俺たちはたくさんのオシャレな店が並ぶ通りをブラブラしていた。女というのはこういうところを歩くだけでもイキイキするのだろう。女三人で俺たちを連れまわしてあっちを見たりこっちを見たり、かわいいかわいい入ろうあれ見てかわいいかわいいあれ見てかわいいでもこっちもかわいい試着してもいいかしらやっぱりかわいいけど買えないじゃあ次の店と忙しかった。俺はというと一人、ターゲットの不良くんを行き交う人の中から頭で物色しながら歩いていて、あいつは強そうこいつはダメだあいつはどうだ？　やっぱりダメだなんか臭そう、とやっぱり忙しくて、手ごろなのを見つけては睨みつけてみたり、奈美と美咲に言い寄ってくるのを待ってみたりしたが、男が四人もいるせいか、佳苗がいるせいかそうなることはなかった。このままでは埒があかないので俺はみんなが輸入物の雑貨屋に入ってあれこれ見ている間に野ブタを呼び出した。

「さっきメールがあって、もうこの通りにいるって。見つけ次第俺が合図するからそしたらおまえ、そいつにわざとぶつかって絡まれろよ。あくまで自然にぶつかるんだぞ。で、そこで凄む。セリフ。前見て歩けよ。言ってみ？」

「前見て歩けよ」

「そう！　わかった？」

野ブタは緊張した面持ちで「はいっ」と返事したが、やる気にはなっているようだった。


店員に嘘を吐かれ、おだてられた佳苗が俺はどうかと思うムチムチのパンツを購入し、店を出て歩いていると、向こうから人ごみの中を体が縮んでしまったようなダレダレのズボンに派手な赤のジャンパー、シルバーのごついネックレスをした不良くんが一人で歩いてきた。いた。なんちゃって不良だ。

「野ブタ」

俺は野ブタに横付けすると耳元で囁いた。

「アイツだ。俺が雇った奴。左の、赤いジャンパー」

「アイツっスか」

野ブタも小声で確認する。

「うまく当たれよ」

「はいっ」

野ブタは俺の指示通り不良くんの肩に当たるよう輪から離れ、左にずれて歩きだした。

「なぁ！　あそこの店は？　良さそうじゃない？」

野ブタの不自然な動きに勘付かれないよう、俺はみんなの目を反対側の店にやった。

「あーあそこ高いから無理」

「あーそう」

不良くんとの距離が近づいてくる。もうちょっと……もうちょっと……今だ！　ぶつかれ野ブタ！

ドーンッ！

自分の巨体を忘れて勢い良くぶつかりすぎた野ブタに不良くんは吹っ飛ばされ、体勢を崩してすごい音と共に、設置された大きなゴミ箱に激突した。

「す、すいません！　ちょ、あの、だ、大丈夫ですか!?」

あまりのことに駆け寄る野ブタ。俺はなにもかも終わったと思った。

「いち……いってぇなあ！　なにすんだてめぇ！」

不良くんは頭を擦りながら野ブタを睨みつけていた。どうするこれ。もう無理だ。

野ブタはあたふたしていたが、何かを思いついたように急に不良くんの胸倉を摑んだ。

ま、まさか。

「……ま、前見て歩けよおお！」

えええええ!?　一回謝っただろおまえ！

俺はフォローしきれない状況に目を覆った。大失敗。もうなにがなんだかわからない。

「野ブタ！　逃げるぞ！」

森川がそう叫んで野ブタの手を引っ張ると、走り出した。ミュールを履いてきた女たちのことを考えたのか、堀内は先に奈美たちを連れて、もう既にかなり遠ざかっていた。

くそっ、これしかないのか。

「修二！」

森川のデカイ声が通りに響く。俺はしょうがなく走り出した。不良くんは背中を強打しているのか、なかなか起き上がれない様子で「待てこらぁ」と断末魔のような悲しい声を上げていた。

「あぁ～ビックリした、追って来ないよね？」

「ん～……大丈夫でしょ」

息を切らして俺たちが逃げ込んだのは、大きな百貨店の一階にある休憩スペースだった。美咲はミュールで走ったためか、ベンチに座って足が痛いと俺に訴え、かかとのスリ具合を気にしていた。

「おまえバカか！（笑）倒して謝った奴また煽ってどうすんだ！」

「すいませんっ」

堀内に頭を叩かれ、野ブタはしょんぼりしていた。

「でも、おもしろかったなぁ。おまえ一回謝ってるのにさ（笑）」

俺も野ブタを殴ってしまいたかったが、とりあえずみんなの前なので笑っておいた。

買い物はまだ済んでいなかったが、さっきの通りにはもう引き返せないので女たちから非難の声を浴びながらも俺たちは結局この中を見て回ったあと、ショッピング街から少し離れた大きなゲームセンターでウサ晴らしをし、記念にプリクラを撮って駅へと戻った。

切符を買う前に俺は野ブタとションベンしてくると言って二人で消え、トイレの中で短い反省会を開いた。

「すいませんっ」

「こんなとこで記憶に残る笑いはいらねぇんだよ！」

「わ、わけわかんなくなって。すいませんでした」

頭を下げる野ブタ。俺は厳しい表情をしていたが、内心は笑っていた。基本的に俺はおもしろかったらなんでもアリだ。

「……ま、終わったわけじゃないしな。おもしろかったし。今度は違う方法でさ、いつか……」

言いかけて堀内がトイレに入ってきたので言うのを止め、「また次あるから」と素早く言って終わらせた。


遊び疲れたのか、みんな帰りの電車の中で眠っていて、俺もかなり眠かったのだが、隣で美咲が喋ってくるのでそれに付き合っていた。俺たちの斜め向かいのドアの前には、眉にぶっといピアスをした兄ちゃんが立っていて、ドアの窓ガラスに映る自分の姿をずっと睨みつけていた。現実社会に夢を見過ぎると、ああやって落ちこぼれていく。美咲はそれを見て「こわーい」と甘えた声で言って、俺の腕にからみついてきた。おいおい。そんなズルイ手は使うなよ。急にピアスの兄ちゃんがドアに頭をぶつけはじめ、その音でその近くにいた人間が、奇行をするピアスの兄ちゃんに気付き「なんだアイツ」という目でチラチラ見ていた。美咲は少し笑いながら「なに始めちゃったの？（笑）」と小声で俺に訊いた。俺が「ギネスに挑戦してんじゃねぇの？」と小声で返すと、美咲が声を殺して笑い、「なんの記録？（笑）」と訊いたので「だから……一駅の間に、どれだけ頭突きできるかだよ（笑）」と返すと美咲と一緒に俺も声を殺して笑った。

駅についてみんなを起こし、ホームから階段を降りて人ごみの中を改札まで歩いていく途中、切符をどこに入れたのか忘れて俺は一人立ち止まるとあらゆるポケットを叩いたり探ったりしていた。みんなが少し離れたころ、切符は財布の小銭入れから出てきて一安心、みんなに追いつこうと足を踏み出した瞬間、俺の腕が誰かに掴まれた。振り返るとさっきの眉にピアスをした兄ちゃんが立っていた。

やばい、と思った。

「おまえ電車の中で俺を笑ってたな」

ピアスの兄ちゃんは危険な目つきで俺を睨んだ。明らかに怒っている声だった。

「そんなふうに見えた？」

おまえがギネスに挑戦してるからだよ。

「ふざけんな」

構える前にピアスの兄ちゃんの渾身のパンチが俺の頬をえぐって、俺は後ろによろめいて倒れ込んだ。周りにいた女がキャーと悲鳴を上げて、俺たちは一気に注目を浴び、おそらく森川たちも俺に気付いただろう。俺は自分のキャラクターを保つためにも、ここでコイツを倒さなければならなかったが、さっきのパンチ、思ったよりクリーンヒットで正直ちょっとすぐには立てる気がしない。

「おまえ……フライングだろ今の」

「なんだとぉ！」

ピアスの兄ちゃんが俺の胸倉を摑みコブシを握る。くそっ。なんで俺が殴られるんだ！

形勢を逆転するため、卑怯だが股間を蹴り上げようとした瞬間、ピアスの兄ちゃんが俺の前から吹っ飛んで消えた。顔を上げると、そこには野ブタがタックルの形をつくって固まっていた。

「野ブタ？」

吹っ飛び、磨かれた床を五メートルは滑っていったピアスの兄ちゃんを野ブタは目で確認すると俺に近寄ってしゃがみこんだ。

「修二さん！　もうちょっとわかりやすい合図くださいよ！　作戦だって気付くまで時間かかったじゃないスか！」

小声でまくしたてる野ブタに、俺は「作戦？」と間抜けな顔で訊いた。

「え？　だってさっきまた次あるからって……」

……ああ～言いましたね。俺はすぐに落ち着いた顔になると、

「おまえさぁ、いきなりタックルはやり過ぎだよ。また逃げなきゃいけないだろ？」

と言いながらズボンをはたいて起き上がった。

「あぁすいませんっ。じゃ早く逃げましょう！」

俺と野ブタは走り出し、前にいるみんなに「また逃げるぞぉ！」と声をかけると、みんなから「またぁ？」と嘆き声が上がった。作戦は一度は失敗したものの、勘違いのおかげで成功を収め、走りながら野ブタはみんなに「やるじゃん野ブタ！」と頭をパンパン叩かれていた。狙いとはちょっと違うが、これも成功の内だ。野ブタは満足げな表情で「修二さん、大成功ッスね」と小声で俺に微笑みかけたので、俺は「当たり前だろ」と当然のような顔をした。


三学期全般にわたって多忙極まりないプロデュースに追われていたため、俺は春休みに入ってから抜け殻のようになにもする気がなくなり、家に籠もりきっていた。プロデュース業というのはこうも疲れるものなのか。思えば毎日毎日、よくもまぁ、あんなに

頭と口を動かし続けたものだ。そしてあんなに自分が目立たないように頑張った日々は今まで人生の中で一度もなかった。

遊びの誘いの電話とメールが充電器に差さったままの携帯にどしどし溜まって、もう一週間ほどずっと受信を知らせる赤ランプを点滅させている。新学期が始まればまたごちゃごちゃ言われるのだろうが、うまく理由をつけて誤魔化すつもりだ。なんの事情も知らないため、毎日なにもせず、家に籠もっている良い子じゃない俺を心配する両親がちょっとうざったいが、ほんとになにもする気がしないので、これも同じく適当に理由をつけて、このまま春休みを終わらせるつもりでいた。宿題のレポートが終わりそうにない量だとか、なんだかしんどいので寝るなんていう取り繕いを重ね、四月を迎え、ついに春休みも残りあと三日となった。

今日も家で明るい夕飯の食卓を作り上げた俺は、休憩がてら久しぶりにコンビニで立ち読みでもしようかと家を出た。近道のため横切った小さな公園の桜の木がライトに照らされ、闇に浮かんでいた。つぼみはまだ閉じていたが、もう確実に季節は春。あと一年であの高校ともおさらばだと思うと、せっかくプロデュースしたのに、となんだか急に名残惜しくなった。

車通りの少ない、いつもの道を歩いていくと、学校と俺の家の中間地点にある馴染みのコンビニの看板がぼんやり光っているのが見えた。コンビニの前にはガラの悪い連中（決まってケンカの強そうなスキンヘッドの兄ちゃんとその仲間たち）がたまるための小さな駐車場があり、夜コンビニに行くと三回に一回は、彼らからの痛い視線の中をくぐり抜けて入店することになる。幸い今日はたまっておらず、中学生ぐらいのカップルが地べたに座って、肉まんを頬張りながらイチャついているだけだった。店内に入るとピンコーンという間抜けな音とともに音声センサーのような店員の声が響いて、すぐにコンビニ独特の静けさに包まれた。俺は雑誌の並ぶ棚に並行して歩き、女性雑誌の棚を過ぎて立ち止まると、高校生らしく少年誌を手に取り、意識を読むことに集中させていった。

三冊目の少年誌に手が伸び表紙をめくると外から大きなバイク音が聞こえて俺はガラス越しに外を見た。彼らが来たようだ。バイクから降りてきたスキンヘッドの兄ちゃんは今日はご機嫌斜めらしく、イチャついていた中学生カップルに「すいません、ここ僕たちの居場所なんです。申しわけないですけど、どこか他のところに行ってくれませんか」という意味の最上級に乱暴な言葉を浴びせたらしく、カップルは半泣きになって逃げていった。これはしばらく出るのはやめた方がいいなと思った俺は、再び本の世界へとどっぷり浸かっていった。

隣でグラビア雑誌に夢中になっていたはずの男が、しきりに窓の外を気にするので、チラッと窓の外を見ると、誰かがスキンヘッドの兄ちゃんとその仲間に囲まれ、ヨロヨロしていた。あらあらケンカか。あのラリラリ兄ちゃんにヤられるとは運がないね。俺は心の中で合掌すると、マンガの続きを読み始めた。また一つページをめくると、隣の男の「うわ……」という声が聞こえたので、やっぱり殴られてるのかと頭を上げると、スキンヘッドの兄ちゃんが地面に倒れ込んでいる相手にマッハキックを何発も何発もくらわせていた。いくらなんでも蹴りすぎだ。そんなに蹴ったら、ほら周りの奴ひいちゃってるじゃねぇか。

あんな惨劇が繰り広げられているせいか、この店には入ってくる奴も出ていく奴もいないので、自動ドアは閉じられたまま、これがだいぶ聞きたくない暴力の音と悲痛な声を遮断してくれている。暗くてよく見えないのも幸いだ。

倒れていた奴は髪を掴まれ吊り上げられた。顔はよく見えないが、こっちを見ているようだった。なんだか俺は焦ってしまって、すぐに目を読んでいた雑誌に落とした。なんだよ。そんなボコボコにされて。助けてくれって？　バカ言うなよ、あんなイカれた兄ちゃん相手に。穏やかに過ごさせてくれよ、せっかくのオフなんだ。学校でもないのに、ボランティアで「桐谷修二」になるなんて無駄なことしたくねぇよ。……勝手に殴られてくれ。

見ず知らずの人間を救う正義のヒーローなんてのは早死にする。今の世の中、悪役の人間は監督のカットがかかっても、無視して殴り続けるタガ外れな奴ばかりであることをわかっていないからだ。

　無視してマンガを読み続けた結果、またバイク音が響いて、ものの数分で駐車場はいつもの無表情さを取り戻した。殴られていた奴もどこに行ってしまったのか、消えてしまった。俺は「やっと帰れる」と一息吐いて雑誌を棚に戻して店を出ると、なんとなくさっきの場所に歩み寄ってみた。鼻血が落ちたのか、飛び散った丸い血の痕がアスファルトにいくつか付いていて、生々しくて、少し震えた。


　結局なにもせずにダラダラと二週間を過ごし、四月八日、始業式に出るため学校に向かう俺の足取りは重かった。ダレていたためか、どうもエンジンがかからない。休むときはしっかり休むという誰かのアドバイスを実践したのに、まったくどう責任とってくれるんだ。

　イヤイヤながらもいつも通り桐谷修二になり、階段を上がっていくと、新三年生のみんながこれから体育館に入るため、廊下にごった返していた。俺はこれからたくさん受けるだろう、久し振りの挨拶に面倒臭さを感じて、少し入っていくことを躊躇したが、俺を見つけた何人かの男が「おぉ修二！」と声をかけてきたので、しょうがなくテンシヨンを上げ「会いたかったわぁ！」と女声で叫びながら走っていくと、その中の一人を抱きしめた。

「修二！　久し振りだねぇ」

「おぅ修二！　おまえ休み中連絡取れなさ過ぎだぞ！　どこ行ってたんだよぉ」

「あっ修ちゃん、これ借りてたＭＤ。ごめんね長く借りちゃって」

「修二！　担任誰になるかカケしねぇ？　当たったらジュースみんなから一本でさ」

次から次へと適当にあしらって、人ごみの中を進み、自分のクラスの連中が集まるところまで辿り着いた。堀内が俺を最初に見つけ「休み中どこ行ってたんだおまえは！」とツッコんできて、これも適当にあしらうと、

「あ〜修二！」

今度は後ろから奈美の声がして俺は両手で首を絞められ、揺さぶられた。

「この行方不明男ぉ！　連絡取れなさ過ぎぃ！」

俺は「死ぬ死ぬ」と振りほどくと、「いやー携帯トイレに落としてさ、壊れちゃったの」と適当なことを言った。

堀内と奈美と春休みの報告のし合いをしていると、突然俺たちの後ろが騒がしくなった。振りかえると、森川が包帯に青痣切り傷のヒドイ顔で現れ、驚く周囲の連中に対してへらへら笑っていた。森川は俺たちを見つけると、ゆっくりと近づき「よぉ」と挨拶

した。

「どうしたのおまえ！」

ビックリな表情で堀内が尋ねる。

「ここ歩いて来るまでに何回説明するんだ俺は。親父と大ゲンカしてさ。実の息子にそこまでやるかってぐらい殴られた」

そう言って笑うと、森川は後ろの俺を見つけ、「おお！　死んだかと思ったよ」と笑顔で近寄ってきた。

「ヒドイ顔だな〜おまえ。元々酷かったけど、こりゃもうダメだな」

俺が森川の顔を覗き込みながら言うと、「今年はワイルドなのがウケるんだ」と勝手なことを言っていた。

休みを挟むと話のネタが貯まるのか、どこのグループでも話が盛りあがっているようだった。そうやって一気に出してしまうと、明日からまた喋ることがなくて苦労するのは目に見えてるのに。まったく、自分の力量を把握できない奴が多いものだ。

「この学校、クラス替えなくてホント良かったよねぇ」

春休みの間に髪をショートにした奈美が嬉しそうに言った。

「これ終わったらさ、三年になった記念に遊びにいこっか」

「じゃあビリヤードで！」

いつもの調子で提案する森川。これを却下するのはいつも俺の役目だったのだが、エンジンがかかってないせいか出遅れてしまい、なにも言えない。

「ビリヤードはおまえ、奈美ができないだろ?」

一瞬間があったが堀内がなんとか話を続けてくれて、俺はホッとしたがすぐにしっかりしなくては、と気合を入れなおした。

「ちょっとぉ失礼なぁ! ビリヤードぐらいできるもん! 修二、一緒にこいつら倒そう?」

「おお! やっちゃおう。キューで眉間突いちゃおう」

「なんの勝負だよそれ(笑)」

「あっ野ブタだ!」

野ブタが刈りたての頭でこっちにやって来たが、目が真っ赤で、鼻水をしきりにすすっていて、ティッシュ箱を小脇に抱えていた。

「どぉも」

「泣くなよ野ブタぁ! 三年生になれたのがそんなに嬉しいの?」

俺は野ブタの肩にポンと手をかけ慰めた。

「違うでしょ(笑)。花粉症じゃないの?」

奈美が訊くと野ブタは辛そうにうなずいた。

「ハハハ！　うわ〜かわいそう」
「俺ティッシュ抱えてる奴初めて見たよ」
「堀内違うよ、ティッシュを抱えているのはこのあと一人で……」
「マジぃ？（笑）どこでやるの？　まさか始業式で？」
「そんなことしないッスよぉ！（笑）」

前のクラスの奴らが進み始めて、俺たちもなんとなく男女に分かれて列をつくると歩き始めた。堀内はこれでもクラス委員なので、先頭で誘導するため、前の方に走っていった。俺は「あいつも面倒臭いことよくやってるよな」と森川に言うと、森川は「あんなのがクラス委員じゃまとまるものもまとまらねぇよな」と言って笑った。

列が進み始めてすぐに森川が「修二ぃ、ションベン付き合ってくんない？」とナヨナヨしてきたので俺たちはバレないように列から外れ、男子トイレに入り込んだ。

俺は別に尿意はなかったが、出るかどうか試してみることにして、森川と二人並んで足を開いた。

ジョボボ……という音が静かなトイレに響いて、出るもんだと感心していると、隣で、用をたしている森川が「なぁ修二」と声をかけてきた。

俺はなんだかんだで出たションベンを、丸い黄色の消臭剤に当てて「んー？」とだけ返した。

「俺だって……わかんなかったのか?」

「は?」

俺は森川を見た。森川の目はぼんやりとタイルに貼られた「清潔」と書かれたシールを見ていた。

「……おまえコンビニで立ち読みしてたよな?」

森川は恐る恐る、こっちを向いて俺の反応を見ているようだった。

その目に一瞬俺は着ぐるみを剝がれてしまった。突然のゆるみのない雰囲気に飲み込まれて、あのときの映像が頭の中にフラッシュバックされ、その停止した数秒が命取りとなる。

「やっぱり、おまえか……ホントに? ホントに修二?」

「え?」バカ。

俺の間抜けな声に森川が僅かに顔を歪めたのが見える。

「マジかよ……嘘だろ?」

「いや」なんとか言えよ、「桐谷修二」。何やってんだよ。何で出てこねぇんだ。早く。

「何で? 何で助けてくれなかったんだよ。おまえそういう奴だったのか?」

「いや、俺は、おまえだってわかんなくて……」

言葉が浮ついていた。焦りが焦りを連れてくる。こんな言い方じゃ「嘘」になる。

「もういいよ。俺……何となくおまえって、そうかなって思ってたんだ……」

森川は諦めたようにそう言うと、俺から目を逸らし、俺の横を通り過ぎて出ていった。包帯の匂いが俺の鼻をかすめ、それは森川の強いメッセージのような気がして、俺は口の中に溜まった唾を飲み込むと、いつまでもそこに立ち尽くしていた。


その日から俺は焦りと不安を感じながらもどうにか以前のように着ぐるみをかぶって周りと接した。森川が何か喋ればたちまち俺は野ブタに言ったようにまっさかさまに人気が落ちるかもしれない、そんな不安を感じつつも、これまで人気者としてやってきた俺の功績がそんな森川の言葉一つで簡単に潰れるわけがないと自分に言い聞かせていた。現に森川と距離ができた以外、環境はなに一つ変わっていない。朝行けばウザイぐらいみんな声をかけてくれるし、奈美は相変わらず毎晩メール打ってくるし、マリ子ともいつも通り弁当食うし、堀内は森川の引きざまに多少疑問を感じながらも、変わらず俺と仲良くしてくれている。というよりも、何も変わらない環境の中で変わっていってるのは俺かもしれなかった。あれほど演じ慣れてきた着ぐるみタレントになりきれていない自分。プロデューサーでいた期間、タレントとしての俺は前に出ることがなかった。それが身に染みついてしまったのか、森川のことを気にしているのか、それともただの休みボケなのか考えられる要因はたくさんあるが、確実に以前より自分をアピールできずにいる。なろうと思えば思うほど、沈黙を埋めるよう必死に喋っていたり、必要以上に相手に近づいてしまう。そうやって俺が空回りしてる間にも野ブタの人気は右肩上がりで、最後のプロデュースが効いたのか男にも女にも一目置かれる存在に成り上がり、ついには「かわいいから」という理由で付き合ってほしいと他のクラスの女から言われていた。マリ子のことが好きな真面目な野ブタはそれを断ったが、もう確実に野ブタは立派な人気者になっていた。

中間テストが近いため、俺は奈美に放課後勉強に付き合わされていた。テスト一週間前に入っている今日はどこのクラブもグラウンドを使っていないため、やけに静かな教室で、わからないわからないとぎゃあぎゃあ嘆く奈美に俺は「もう下校の時間だけど」と告げた。

「ダメダメダメダメ！　もうちょっと付き合って。どっかカフェ行こ？　スタバ。スタバとか。ね？　お願い！」

お願いの嵐でたたみかけてくるので、俺はしょうがなくそれをＯＫし、一緒に帰るため二人で教室を出た。

「日本史とかもホント全然わかんないんだけど。ま、あれは聞いてないのもあるけどぉ。あのおっさんなに喋ってるかほとんど聞き取れないんだもん」

「日本史教わる以前にリスニングしなきゃダメだもんな」

「そうだよ！（笑） ホントそれ！」

奈美は自分でどんどん喋って言い寄ってきてくれるので、ほとんどあしらう程度に喋るだけで済む俺は「桐谷修二」になりやすかった。

思ったよりも毎日は普通で、俺のくだらない不安は日常が押し潰してくれていた。そうだ、一度上がった人気ってのはそう簡単に下がるもんじゃない。

「しかもあのおっさん視線恐怖症だろ？ ずーっと見てるとさ」

「あ、森川」

奈美の発した言葉に全身が反応する。埋もれていたはずの不安がもぞもぞと顔を出した。

「森川ぁ」

二つ向こうの教室から出てきた森川が奈美の呼びかけに振り向く。「おぅ」と三角巾をしてない方の手を上げ返事をした瞬間俺の姿を確認して、その上げた手が止まったように俺には見えた。

「何やってたの？」

「あ、現社のレポート出してた。期限過ぎてたんだけど土下座したら受け取ってくれた（笑）」

「そのケガで土下座したの？（笑）」

大袈裟にリアクションする奈美とは違い、森川の話にも薄ら笑いしか浮かべられない。焦りを外に漏らさないように、俺は必死だった。森川はまだ一度も俺の目を見ていない。

「どっか行くの？」と訊く森川に「うん。でーと」と奈美が答える。

「ね？　修二」

「ああ、うん」

「俺ともデートしてよ」

「土下座する男とはヤダ」

俺たちは誰からともなくそろそろと廊下を歩き出す。何だかんだ言ってじゃれ合うように話す森川と奈美の少し前で、後ろの話にアンテナを張りながら俺は黙って歩いた。

「あんたいつまで独り身なわけ？」

嘘でも喋らなければいけない。

「奈美ちゃんが振り向くまで」

俺は機会を窺う。

「じゃあ一生独り身だ」

「そんなこと言わないでよ！」

「ねぇ修二、何でコイツこんなモテないんだろね？」

「目が殺し屋みたいだからじゃないの？（笑）」

期待外れに奈美の笑い声だけが虚しく廊下に響く。俺は焦って言葉を繋げた。

「なのに女の誰一人も殺せないっていう（笑）」

包帯の匂い。森川がじっと俺の顔を見ているのを感じる。俺は覚悟を決めて森川を見、怪訝そうな顔をつくる。

「ちょっとちょっと森川君、そんなじっと見つめないでよ」

苦し紛れに搾り出した言葉は俺と森川の間で行方を失い廊下に落ちた。

「そうやって騙してきたのかよ」

「そうやって薄っぺらい話ばっかして、仲良いフリしてたんだろ？」

「ちょっと何？」

冷たい廊下の空気に亀裂が走り、奈美が驚いて俺の顔を見る。俺は見られているのにもかかわらず表情が固まり、「なに……言ってんだよ」と誤魔化すように笑って言った。

まただ。

「そりゃ助けてくれねーよなぁ。実際は友だちだとも思ってないんだからなぁ」

森川は意地悪く溜息を吐きながらわざと大きな声で話し続ける。奈美が異様な空気に耐えきれなくなって「ねぇどうしたの?」と吐き出した。

俺はまた言葉が出てこない。「桐谷修二」が出てこない。

「気にしてんのか? 俺がいつみんなにバラすか怯えてんのか? ……それとも罪悪感でいっぱいかよ?」

こんな奴に俺が。

どうしたら今この状況を切り抜けられる? 考えろ。どんな状況も切り抜けてきた。

俺の「桐谷修二」は無敵じゃなかったのか?

「野ブタはさぁ、おまえのこと助けてくれたじゃねえか。なのにおまえは無視ってわけ。あいつのこと散々バカにしてさ。ずるくない? おまえ口ばっかかよ」

「ね、どしたの二人とも? なんかおかしーよぉ」

奈美はそう言って笑ってみせた。その笑顔も加速する歪んだ空気の中に虚しく埋もれていく。

「修二なんとか言えよ!」

森川の声は聞こえている。時間がないことはもうわかりきっている。

じゃあどうすれば今この状況を切りぬけられる?

俺は考えることから抜け出せなかった。

「なんだ、また無視かよ。都合悪いことは全部無視かよ。……やっぱりおまえはそういう奴なんだな。よくわかったよ。なら無視できないよーにしてやるよ」

森川は俺を睨んでそう言うと、来た道を引き返して歩いていった。

「ちょ、ちょっと森川！」

森川の背中に声をかける奈美を置いて、俺は振り返ると廊下をそのまま歩いていった。奈美が途中で追いついてきて俺を止めたが「悪いけど、一人で帰る」と目も合わさず言うと、奈美もそれ以上追って来なかった。

翌日、登校した俺を待っていたのは、以前とはうって変わって急によそよそしくなったクラスの奴らの態度だった。周りの奴に話しかけてみたのだが、受け答えはしてくれるものの、以前のような笑顔はそこにはなかった。一限目が終わるころ堀内からメールが入る。

ホントなのか？　森川の言ったこと。

予想はついていた。きっとこうなる。頭の中でそう思っていた。信じたくない自分がそう思ってなかっただけだ。

一限目が終わると堀内は俺を屋上に呼び出した。金網にもたれかかっている堀内の隣で俺もたれかかる。沈黙は俺が思っている以上に長かった。

「森川のケガ、あれおまえのせいなんだろ?」

いきなり直接的なことを言われて一気に鼓動が速くなった。

「何で俺のせいなんだよ」

「修二に見捨てられたからああなったって言ったぜ、アイツ」

俺は堀内から一度目を逸らす。

「マジなの?　それおまえひどくない?」

流れる会話は止められない。飲み込まれそうだった。

「……それ信じたのか?」

俺の精一杯の言葉は、情けないほど弱々しかった。俺のその言葉に堀内は表情一つ動かさず俺の目を見る。今俺の目に焦りの色が浮かんでいないことを願った。

「……そりゃみんながみんな信じたわけじゃねぇよ。でもまぁそういう奴もいたってだけだ」

そう言って堀内は俺に背を向けた。俺はその背中に訊く。

おまえもか?

滞りなくやってきた。毎日喋って笑ったし、バカみたいに遊びにも行った。おまえらに使ってやった時間はハンパじゃないはずだろ?

騙されていたのは俺なのか。仲良いフリしてたはずなのに実際はフリされてたのか。固めていたはずの自分の周りがぐにゃぐにゃと流動体に変わり、ゆらゆらと揺れ始める。その波に身を揺らされ、足を奪われ、俺にはしがみつくものが見当たらなかった。

「……信じてくれないのか?」

漏れ出た言葉はさっきと同じ情けないほど臆病な「俺」の声だった。

「おまえは、俺を、友だちだと思ってなかったんだろ? そう聞いたぜ? もし俺が殴られてても、どうせ助けてくれなかったんだろ?」

「信じてくれよ」

「……おまえの言うこと、嘘かホントかわかんねーよ」

自分でも驚くほど、俺は無力だった。返す言葉が見つからない。言葉が意志を持たない。俺の口から出てくるのは虚しい嘆きだけだ。

「……ま、おまえがそういう奴だって俺もわかってたけどな」

堀内のその一言が、全てだった。

誰も、俺のことなど信じていなかったのだ。

俺が自信満々でなりきれていると思い込んでいた「桐谷修二」は、いつの間にかペラペラの薄っぺらさが目に見えるほどチンケなものになっていた。プロデュースに追われ、才能に自惚れ、俺は自己管理を怠っていた。そして気付いたときにはもう遅い。

トップを悠々と走っていたと思い込んでいた俺は、実際は自分が一周遅れだと気付かされ、焦れば焦るほど、もがけばもがくほど、「桐谷修二」の精度は落ちていく。安定しない足元は俺の自信を奪い、空気を読む力を失わせる。言葉が詰まり、発想が詰まり、存在としての自分が死ぬ。そんな自分に嫌気がさして、俺は段々と喋らなくなった。口を閉ざした無愛想な『俺』には、もちろん誰も話しかけてこなくなり、俺はクラスの中で孤立していった。そんな俺を見かねて野ブタは、森川に俺を許すよう掛け合おうとしたが、俺は「勝手なことするな」とそれを怒ってやめさせた。そしてもう一人、マリ子も最近ずっと無断で、弁当を食べにいかない日々が続いていたのにもかかわらず、いつもと変わらない様子で俺に話しかけてきてくれていたが、それも何だか哀れみをかけられているみたいで嫌になり、そのうち喋らなくなった。自分の自信が脆《もろ》く崩れ去った俺は、人を拒絶し、殻に閉じこもっていくうちに、周りから人がいなくなり、一週間も経たないうちに本当に独りぼっちになった。

周りの人間の引きざまに俺は自分の信頼のなさを痛いほど知り、そうなったのは自分の責任なのに、俺は自分を信じてくれなかった周りの人間を憎んだ。よそよそしい態度の奈美や、美咲や、クラスの奴ら。

裏切り者はどっちだよ。ずっと走り続けてきた俺になんの賞賛もないのかよ？　おまえら求めるばっかりだ。自分からなにも発信したことないくせに。愛するならちゃんと最後まで愛せよ。


そうやって突っぱねながらも、俺は愛も人気もない孤独に負けそうになっていた。今まで散々、プライドバカだとか、戦えない奴らだと蔑んでいた、クラスで一人孤独に耐えていた奴らの気持ちが、痛いほどわかった。それでも俺はおまえらとは違うと思っている自分がいる。

そして自分の環境や自分自身の弱さを受け入れることを拒み続ける自分がいた。


授業中に珍しく野ブタからメールが入った。「次の休み時間屋上行きませんか」という内容で、俺はすぐ後ろにいる野ブタの思考を読めずにいた。

売店でミルクココアを買って、ゆっくりと階段を登って屋上に出る。野ブタが金網の側に立っているのが見え、俺に気付くと頭だけ垂れて挨拶した。

俺はいつもと違う空気に自分が乱されている素振りを見せぬよう、桐谷修二の顔を貼り付け、ミルクココアのパックにストローを突き刺すと、吸いながらゆっくりと野ブタに近づいていった。

「なんだよ、チャンピオンブタ」

俺の言葉に野ブタは反応せず、躊躇《ためら》うような顔で俺を見た。目で気付く。コイツの言うことは、

「あの、修二さん、プロデュースのことみんなに言いませんか?」

「は?」やっぱりそれか。

「そしたら」

「バカ。んなことすんな」

罪悪感。自分が慕っていた人間が以前のパワーを失って一人きりになっているのに、自分だけチヤホヤされることに野ブタはそれを感じたのだろう。

「プロデュース」は俺がみんなを「管理」できているという唯一の証だ。誰もその枠を出ない、俺の創ったものの中にしっかりと収まっているということ。そして同時に今や「プロデュース」は俺の存在価値そのものでもある。自分が存在しているという証、意味、価値。それを失うなんて。

「でも」

「ブーブー言うな」

　このままだって構わない。どんなに俺をないがしろにしたって野ブタが人気者である限り、結局誰も俺を無視できないんだ。俺の創った嘘の世界でせいぜい楽しめばいい。まるで自分に言い聞かせるように俺はその言葉を自分の中で繰り返した。降り積もる言葉が俺の心に蓋をする。そうしなければどうにかなりそうだった。


「桐谷くん！」

　そう呼ばれて俺は長く瞑っていた目を開けた。前の席の女が迷惑そうに、束になったテストの問題用紙を俺に差し出していた。俺は無言でそれを受け取ると、自分の分を取って、後ろの席に回した。

　桐谷くん。長く聞かなかった呼び名だ。以前は「修二」と呼んでいたくせに、いつのまにか名字で呼ばれるような疎遠ぶり。さっきまで、問題の出し合いなんかが行われていてうるさかった教室は、問題用紙が配られると、妙な緊張感が漂う静けさとなった。おっさんの開始の合図でいっせいに紙をめくる音がして、すぐに鉛筆がコツコツという音を立て始めた。

　目の前に並ぶたくさんの数式。俺は鉛筆を手に取ると、最初の数式を解いた。くだらないのは変わらない。一つ息を吐くと、それから俺は手を止めることなく数式を解いていった。一枚目の問題用紙が終わり、めくって二枚目に入っても止まることなく進む手。あとわずかになったところで、急に虚しくなって手を止めた。

こんな力……いらねぇよ。

自分が培ってきた力の無意味さ。俺が培ってきた力は、俺の欲しいものをなにも与えてくれなかった。勉強が出来たって、スポーツが出来たって、うまく喋れたって、なんの意味もない。ずっと考えないようにしていたのに、些細なことで虚しさにとり憑《つ》かれた俺は、もうどうすることもできなかった。消えてしまえばいいと思った。役に立たない力しか持たない自分も、薄っぺらい人間関係しか築けない自分も、求めるばかりで人を愛することのできない自分も、全部全部消し飛んでしまえばいいと思った。

俺は答案用紙に覆い被さるようにしてうつぶせになると、強く目を閉じた。作り上げた暗闇が音の世界を増長させる。鉛筆の音、誰かの溜息、近くの道路工事の音、紙の擦れ合う音。再び目を開けると、そこにマリ子のローファーがあった。そこから伸びるルーズソックスに包まれたマリ子の白い足。最近ずっと話さずにいたから、何だか懐かしくて、いつも俺の話を笑って聞いてくれたマリ子が、俺の中で溢れて、切なくなった。俺は無駄だと思いながらも、いつかみたいに左手をそっと下ろすと閉じた手をゆっくりと開いてみた。ローファーは動かなかった。自分勝手な甘えに、俺は自分を呆れて笑い、諦めて掌をぎゅっと閉じた。すると床に着いていた左のローファーがゆっくり起き上がって、いつかみたいに左右に振れた。

涙が溢れてローファーが霞み、俺はブレザーの袖に溜まった涙を押しつけた。

本当は、誰かが俺のことを見ていてくれないと、不安で死んでしまいそうだったんだ。

マリ子の優しさが俺を包み込んで、俺は心から救われた気がした。


終了のチャイムが鳴ると同時に俺は席を立って、喧騒の中、黙って教室を出ていった。階段を下りきって外に出ようとすると、後ろから「修二！」と俺を呼ぶ声がして、振り返ると階段の上にマリ子がいた。マリ子は「待って、一緒に帰ろ」と言いながら階段を下りてくると、俺を見て嬉しそうに「久し振りだね」と笑った。俺はなにも言わずにうなずくと、マリ子の顔も見ずに歩き出した。

いつもマリ子は俺の少し後ろを、ついてくるように歩いていたのに、今日は俺の少し前を歩いて、時々振りかえっては俺に話しかけた。その度に長い髪が揺れて、やわらかな香りがした。

「テスト随分早く終わってたね。簡単だった？」

「ああ、うん」

「でも最後の問題ちょっと難しかったよね？　私途中で諦めちゃった」

「ああ、そう……だったっけ？」

マリ子のなにげない言葉の一つ一つが、俺の心に染み込んでいくのを感じた。なにも変わらないマリ子との普通の会話は、俺を驚くほど安心させてくれた。

「ね、最近修二お弁当食べに来なかったでしょ？　その間に野ブタ君があの教室に来たとき私どうしようかと思った。いつもは修二がいたから喋れたんだよ。でもね、喋ってみたら意外と野ブタ君、いい人だよね。前まではちょっと、どうしようって感じだったけど（笑）」

「ああ……そうなんだ。ごめんな」

マリ子は話すことを思いついては少し喋るということを繰り返し、なんとか会話を続かせようとしてくれているようだった。

今突然、抱きしめたらマリ子はどうするだろう、そんなことがふと頭をよぎった。拒むのか、受け入れてくれるのか。マリ子は優しいから、きっと受け入れてくれると俺は思った。たとえそれが寂しさや辛さからきた甘えでも、それを責めることなく、受け入れてくれるだろうと思った。そう思うと、どうしようもなく抱きしめたくなった。ずるいことだとわかっていても、もうそうすることしかできなかった。

俺がマリ子の腕を摑もうとしたその時、マリ子がポツリと、

「森川君の……話、聞いた……」

と言ったので、俺は自分の手を制した。聞きたくない名前だった。

「なに……聞いたの？」

俺が静かに訊くとマリ子は優しい目で俺を見つめた。

「……あれね、私思ったんだけど、別に修二悪くないよ。あんなの……誰だって怖いだろうし」

は？

「森川君が言ったこと、どこまでホントかわからないけど……」

なんだよ。おまえも俺のこと……。

「私は……そんなことで修二のこと嫌いになったりしないから……」

嫌いになったりしないから？

「修二がホントは優しいこと私……知ってるから」

マリ子はそう言うと俺に微笑んでみせた。

「……だったら俺のホントの気持ちも知ってるか？」

自分の声は意外と穏やかな声だった。

「え？」

「迷惑なんだよ。俺の女みたいな顔しやがって。おまえが俺のなにを知ってるんだよ。……なにも知らないくせに……わかったような口きいてんじゃねぇ！」

俺の言葉がマリ子の全てを奪ったかのようにマリ子を動かなくした。指一つも動かなかった。俺を見つめたままの目にそのうち涙が溜まって、右目から零れると頬をつたってアスファルトの地面に落ちた。まもなく零れた新しい涙をマリ子は右手で拭うと、無理に笑ってみせて、「そうだね……ごめん」と消えそうな声で言った。

最低だ。自分の口から出た青春ドラマみたいなセリフを呪った。事情をちゃんと説明すればマリ子ならわかってくれたはずなのに、俺は自分がマリ子に信じられていなかったことに取り乱し、暴言を吐いてしまった。

言葉は人を笑わせたり、楽しませたり、時には幸せにすることもできるけれど、同時に人を騙すことも、傷つけることも、つき落とすこともできてしまう。そしてどんな言葉も、一度口から出してしまえば引っ込めることはできない。だからこそ俺は、誰にも嫌われないように薄っぺらい話ばかりしてきた。言葉に意味を、意志を持たさぬように、俺は徹底してきたつもりだった。それに俺はずっと言葉に頼って生きてきたから、言葉というものの強さも重さもわかっていたハズだった。それなのに……。

マリ子は肩を小刻みに震わせていたが、決してそれ以上涙を流さなかった。ただ黙って、最初の涙が染み込んだアスファルトの地面を見ていた。長い沈黙の果てに、マリ子は顔を上げると「もうなれなれしくしたりしないから……ごめんね」と言って微笑むと俺の横を走って通り過ぎていった。

目の前の景色からマリ子が消え、見慣れた道が残った。マリ子と何度も歩いたこの道が、急に、どうしようもないほど愛しくなった。


明くる朝、学校にマリ子の姿はなかった。クラスの女が「テストなのに」とマリ子の欠席を心配して、メールでも送って訊いたのか、欠席の理由は風邪らしいと言っていた。

昨日のことが頭から離れなかった。零れた涙を拭って無理やりつくったマリ子のあの笑顔が、何度も浮かんでは消え、俺を苦しめた。謝らなければいけない、と俺は思った。どんなにみっともなくても謝らなければいけない。それはきっとマリ子に許してもらいたいわけじゃなくて、自分を許したいだけなのもわかっている。それでも俺は謝らなければいけないと思った。たとえマリ子が俺のことを、人を裏切るような弱い人間だと思っていても、マリ子はそんな俺を嫌いにならずにいてくれたことが真実。それだけでいい。それだけで充分だ。

マリ子が来ているかどうか確認しに毎日学校に来ているだけのような日々が続いた。携帯を鳴らしても出ないので、もう俺に会いたくないことはわかっていたけれど、俺はどうしてもマリ子に会いたかったので、最近では完全無視される学校の生活にも耐えた。

そして昼休みになると、マリ子と弁当を食べたあの教室に行って、買ってきたコンビニ弁当を一人で食べた。待つことは少しも辛くなかった。

マリ子が来なくなって四日が過ぎたある日、俺は昼休みに登校し、階段を上がって、いつも通りあの教室に向かうと、教室の引き戸が少し開いているのが見えた。マリ子が来たのだろうか。あんなに会いたかったハズなのに、いざマリ子があそこにいるかと思うと俺は萎縮して、今さら謝ってもしょうがないんじゃないかと弱気になったが、揺らぐ決心をぎゅっと抑えつけて、謝らなきゃなにも変わらないと自分に言い聞かせた。そう、謝らなきゃなにも変わらない。

教室に近づくと、中でイスを引いたような音がして、やっぱりいるんだと確信した。俺は深く息を吐くと、目を閉じた。ちゃんと謝ろう。そして自分の気持ちを伝えよう。マリ子が好きだって。ずっとハッキリしなかったけど、今は素直にそう思える。待ってる時間が気付かせてくれた。俺にはマリ子が必要だ。マリ子じゃなきゃダメなんだ。

引き戸に手をかけた瞬間、中から野ブタの声が聞こえた気がして、少し開いた隙間から覗いてみると、いつもマリ子と俺が弁当を食べていたあの席で、マリ子が野ブタに肩を抱かれ泣いていた。野ブタはマリ子の肩を擦りながら、何か小声で慰めの言葉のようなものをかけていた。野ブタのブレザーに顔を押し付けてすすり泣いているマリ子は、俺の前で泣いたときと同じように、肩を小さく震わせていて、時々微かに漏れるような泣き声が、俺の耳にも聞こえた。

目の前の光景はまるで現実味がないのに、自分がひどく揺さぶられているのを感じた。今まで味わったこともないほどの圧倒的な心の侘しさ。自分だけが完全に取り残され、過去のモノに成り下がり、そのまま埋もれて忘れられてしまいそうな不安。もう少しで感情が体を飲み込んでしまいそうになったとき、俺は振りきるようにその場を離れた。

聞こえてくる昼休みの喧騒は俺を飲み込んだり、突き放したりして、でも結局俺を一人ぼっちにする。もう本当に一人なんだとわかったとき、俺は俺の目指した「桐谷修二」が実際の自分とどれだけかけ離れていたかを知る。もう今は遠くなってしまった「彼」が創った居心地のいい毎日。適度な距離で適度な愛を得られる丁度よいぬくいところ。どうしようもないぐらい今それが欲しかった。

翌日、俺は休み時間に屋上の金網の柵にもたれかかって、ぼんやり空を眺めていた。飲み干したコーヒー牛乳から剝がした百円のシールを金網に貼り付けると、カラのパックをゴミ箱に投げ入れた。珍しく風は穏やかで、気持ちいいほど晴れた空が広がっている。

ふと視線を落とすと、向こうから野ブタが歩いてくるのが見えた。俺はゆっくりと近づいてくる野ブタを見ながら、野ブタが俺のすぐ側まで来ると、へらへら笑って「よう」と挨拶した。

「修二さん、マリ子さんに言ったこと嘘ッスよね?」

俺はまた口元を緩ませ小さく笑った。

「最近よく訊かれんなぁ(笑)。嘘? とかホント? とか」

「嘘なんですよね?」

野ブタの目はいつもと違ってまっすぐに俺を見ていた。俺はその視線を外すように肩をポキポキいわせながらその場に座り込む。

「嘘とか、ホントとか、そんなの重要か? おまえよく知ってるだろ? それが重要じゃないからおまえ今人気者になってんだろ?」

「今はそんなこと関係ないッスよ」

「関係なくねぇよ。大事なのは具現化したもの、言葉が嘘でもホントでも、伝わった結果が真実ってやつだろ?」

俺は野ブタの汚れたスニーカーを見ながらそう言った。野ブタが黙り込んだせいか、風が俺の側を通る音が聞こえた。

「泣いてましたよ、マリ子さん」

泣いてたから何だよ。

「ふーん。ま、流した涙も真実になるってことだな」

「……それどういう意味ですか。マリ子さんが嘘泣きしたとでも言いたいんですか?」

「そんなこと言ってねぇよ。おまえの前で泣いたことが真実って言ってるだけだよ」

適度な愛情。それが欲しかったはずなのに、俺の「適度」はいつのまにか狂ってしまっていたらしい。ずっと着ぐるみを着ている苦しさに負け、女の甘さに負けたんだ。俺はストーブに近づき過ぎたから桐谷修二の着ぐるみは溶かされてしまった。

「……俺、修二さんに憧れてたんスよ?」

「そりゃどうも」

「修二さんは俺を救ってくれたんです。俺みたいな奴がこんなに人気者になれたのは修二さんのプロデュースのおかげです」

「そりゃまたどうも」

「そんな人が人の気持ちもわからないなんて、俺には信じられません」

野ブタの言葉に俺は大袈裟に溜息を吐いてみせる。

「じゃあ信じなきゃいいだろ。ま、おまえに信じられてもなにも嬉しくないけどな」

一瞬、間があった。わざと意地悪なことを言った俺に、野ブタが心を痛めた分の。

「……それが修二さんの本心なんですか？」

「さっきも言ったろ？　本心とか本心じゃないとかそんなの関係……」

「本心なんスか？　答えてください！」

語気を荒らげた野ブタは、怒りにも似た悲しい目を俺に向けていた。

近過ぎたらうっとうしい。それもわかっていたはずだった。なのにコイツは、こんなにも俺に深く入りこんできている。俺は野ブタというタレントを甘く見過ぎていた。コイツに対しても俺は『桐谷修二』になりきるべきだったんだ。そうしてればあんなふうに「桐谷修二」が死んでいくこともなかった。

俺はダルそうに頭を掻くと、また溜息を吐いて言った。

「……憶えてるか？　プロデュースの基本ルール第四条。契約は人気者になれるまで、だったよな？　もう叶っただろ。プロデュース終了。おまえは卒業だ」

「卒業って」

「なぁ、俺たちはビジネス上の付き合いだ。契約が終われば縁も切れる、全部終わり。お疲れ様」

はっきりと目を見て言う俺に、野ブタの表情が僅かに歪んだ。

小谷信太は唇を震わせて俺を睨んだあと、「……お世話になりました」と吐き捨てるように言って、振り返ると、まっすぐ歩いていった。俺は俺のプロデュースした男の背中が消えていくのを見届けると、五月晴れの空を見上げた。

六月。この国独特のじっとりとした季節が、今年も俺の服をまとわりつかせている。傘がいるのかいらないのかハッキリしない気象予報士の老いぼれは、「念のため、傘を持ってお出かけください」などといい加減なコメントを吐いていたが、念のためじゃなくても今日は朝から思いっきり降りっぱなしだ。

そんな雨も急にやる気をなくし、さっきまでぱらついていただけだったのに、今度はいつのまにか、しとしと降る雨に変わっていた。しとしと降る。本当に雨はしとしと降るものだと俺は思った。この表現を最初に思いついた人間はきっと、何度も雨に耳を傾け、確かめ、ほくそえんだだろう。これこそぴったりの表現だと。

細い糸のような雨は草木を濡らし、アスファルトを濡らし、傘を濡らし、傘のないハゲオヤジの頭を濡らす。それだけには留まらず、細心の注意を払って水たまりを避けて歩いてきたつもりだった俺の学ランのズボンの裾までもを濡らしていた。濡れた裾に少し砂利が付いていて、俺はそれを手で払うと、こんな悪さをしたにっくき雨を窓越しに睨んでやった。

窓の上の方から雨の滴が流れて、途中の滴をつかまえると、勢いを増し、落ちていった。自然光を受けない薄暗い廊下には、右側に並ぶ教室から大人の話し声と、ざわつく若者の声が漏れ響いている。

濡れた靴がキュッキュッと廊下を鳴らして、さっき上がった階段から、遅刻してきたと思われる俺と同じ学ランを着た、顔の濃い男子生徒が現れた。彼は廊下に立つ俺を見つけると、物珍しそうな目でこっちを見ながら濡れた傘をバサバサ振り、すぐそこの教室の後ろの引き戸を開け、中に入っていった。しばらくして、男子生徒が入っていった教室がさっきより増して一瞬ざわめき、俺の斜め前にある引き戸がガラッと開いて、さっき担任だと紹介された黒ぶちメガネの男が、廊下に半身を出して俺を手招きした。

どうやら時間らしい。

俺を手招きした男が待つ、すぐ前の引き戸からは教室の中の光が薄暗い廊下に伸びていて、その奥にこれから取り込んでいく新しい客がいる。


もう一度やり直しだ。

敏腕プロデューサー「桐谷修二」なら必ず俺を無敵のタレントにしてくれる。

暑過ぎず、寒過ぎない、丁度良いぬくいところ。

そんな場所に今度こそ俺を連れていってくれ。


「どうぞ桐谷くん、さ、入って」

引き戸の敷居に立つ新しい担任が、笑顔で俺を迎え入れる。

俺は人の好さそうな顔をつくると光の溢れる教室の中に入っていった。

白岩玄
SHIRAIWA GEN
★
一九八三年生まれ、二一歳。京都市生まれ。
京都府立朱雀高等学校卒業。卒業後、約一年間イギリスに留学。
現在、専門学校在学中。

初出／「文藝」二〇〇四年冬号

野ブタ。をプロデュース

★

二〇〇四年一一月三〇日 初版発行
二〇〇五年一一月一九日 86刷発行

著者★白岩玄

装幀★泉沢光雄

写真★上村明彦

協力★都立青山高等学校（扉・カバー表4写真）

発行者★若森繁男

発行所★株式会社河出書房新社
東京都渋谷区千駄ヶ谷二-三二-二
電話★〇三-三四〇四-一二〇一［営業］〇三-三四〇四-八六一一［編集］
http://www.kawade.co.jp/

組版★KAWADE DTP WORKS

印刷★大日本印刷株式会社

製本★小高製本工業株式会社

ISBN4-309-01683-9

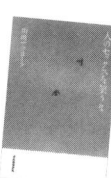

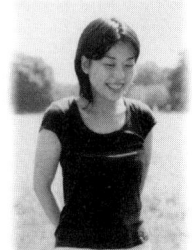

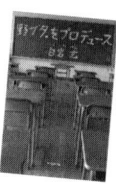

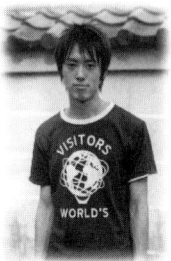